André Gide

La symphonie
pastorale

Gallimard

« Je naquis le 22 novembre 1869 », écrit André Gide dans *Si le grain ne meurt.*

Son père, professeur de droit romain, meurt alors qu'André Gide n'a pas onze ans. Il est élevé par sa mère qui lui transmet une rigueur toute protestante.

Passionné de littérature et de poésie, il se lie avec Pierre Louÿs — qui s'appelait encore Pierre Louis — et Paul Valéry. Ses premiers textes, *Les cahiers d'André Walter,* paraissent en 1891, suivis d'œuvres d'inspiration symboliste : *Le traité du Narcisse* (1891), *La tentative amoureuse* (1893) et *Paludes* (1895).

En 1897, après un long voyage en Afrique du Nord avec sa cousine qu'il a épousée en 1895, Gide publie *Les nourritures terrèstres.* Commence alors une vie de voyages et d'écriture rythmée par la parution d'œuvres importantes : *L'immoraliste* (1902), *La porte étroite* (1909), *Les caves du Vatican* (1914), *La symphonie pastorale* (1919), *Si le grain ne meurt* (1921) et *Les faux-monnayeurs* (1925).

En 1909, il participe à la création de la *Nouvelle Revue Française* avec ses amis André Ruyters, Jacques Copeau, Jean Schlumberger et joue un rôle de plus en plus marquant dans la vie littéraire française.

Après la parution des *Faux-monnayeurs,* Gide s'embarque pour l'Afrique avec Marc Allégret. Ensemble ils visitent le Congo et le Tchad. À son retour, André Gide dénonce le colonialisme. Peu à peu la politique l'attire et il prend position.

Éprouvant une sympathie croissante pour le communisme, il est invité en 1936 en U.R.S.S., mais dès son retour il proclame sa déception.

Durant toutes ces années, il publie des pages de son *Journal* dont le premier volume paraît dans la Bibliothèque de la Pléiade en 1939. Il passe une partie de la guerre de 1939-1945 dans le sud de la France puis en Afrique du Nord. En 1946, paraît son dernier grand texte, *Thésée*.

Il est reçu docteur *honoris causa* de l'Université d'Oxford en 1947 et se voit attribuer, la même année, le Prix Nobel de Littérature.

André Gide meurt à Paris le 19 février 1951.

à Jean Schlumberger

Premier cahier

10 février 189.

La neige, qui n'a pas cessé de tomber depuis trois jours, bloque les routes. Je n'ai pu me rendre à R... où j'ai coutume depuis quinze ans de célébrer le culte deux fois par mois. Ce matin trente fidèles seulement se sont rassemblés dans la chapelle de La Brévine.

Je profiterai des loisirs que me vaut cette claustration forcée, pour revenir en arrière et raconter comment je fus amené à m'occuper de Gertrude.

J'ai projeté d'écrire ici tout ce qui concerne la formation et le développement de cette âme pieuse, qu'il me semble que je n'ai fait sortir de la nuit que pour l'adoration et l'amour. Béni soit le Seigneur pour m'avoir confié cette tâche.

Il y a deux ans et six mois, comme je remontais de La Chaux-de-Fonds, une fillette que je ne connaissais point vint me chercher en toute hâte pour m'emmener à sept kilomètres de là auprès d'une pauvre vieille qui se mourait. Le cheval n'était pas dételé ; je fis monter l'enfant dans la voiture, après m'être muni d'une lanterne, car je pensai ne pas pouvoir être de retour avant la nuit.

Je croyais connaître admirablement tous les entours de la commune ; mais passé la ferme de la Saudraie, l'enfant me fit prendre une route où jusqu'alors je ne m'étais jamais aventuré. Je reconnus pourtant, à deux kilomètres de là, sur la gauche, un petit lac mystérieux où jeune homme j'avais été quelquefois patiner. Depuis quinze ans je ne l'avais plus revu, car aucun de-

voir pastoral ne m'appelle de ce côté ;
je n'aurais plus su dire où il était et
j'avais à ce point cessé d'y penser qu'il
me sembla, lorsque tout à coup, dans
l'enchantement rose et doré du soir, je
le reconnus, ne l'avoir d'abord vu
qu'en rêve.

La route suivait le cours d'eau qui
s'en échappait, coupant l'extrémité de
la forêt, puis longeant une tourbière.
Certainement je n'étais jamais venu là.

Le soleil se couchait et nous marchions depuis longtemps dans l'ombre, lorsque enfin ma jeune guide
m'indiqua du doigt, à flanc de coteau,
une chaumière qu'on eût pu croire
inhabitée, sans un mince filet de
fumée qui s'en échappait, bleuissant
dans l'ombre, puis blondissant dans
l'or du ciel. J'attachai le cheval à un
pommier voisin, puis rejoignis l'enfant
dans la pièce obscure où la vieille
venait de mourir.

La gravité du paysage, le silence et la
solennité de l'heure m'avaient transi.
Une femme encore jeune était à ge-

noux près du lit. L'enfant, que j'avais prise pour la petite-fille de la défunte, mais qui n'était que sa servante, alluma une chandelle fumeuse, puis se tint immobile au pied du lit.

Durant la longue route, j'avais essayé d'engager la conversation, mais n'avais pu tirer d'elle quatre paroles.

La femme agenouillée se releva. Ce n'était pas une parente ainsi que je supposais d'abord, mais simplement une voisine, une amie, que la servante avait été chercher lorsqu'elle vit s'affaiblir sa maîtresse, et qui s'offrit pour veiller le corps. La vieille, me dit-elle, s'était éteinte sans souffrance. Nous convînmes ensemble des dispositions à prendre pour l'inhumation et la cérémonie funèbre. Comme souvent déjà, dans ce pays perdu, il me fallait tout décider. J'étais quelque peu gêné, je l'avoue, de laisser cette maison, si pauvre que fût son apparence, à la seule garde de cette voisine et de cette servante enfant. Toutefois, il ne paraissait guère probable qu'il y eût dans un recoin de cette misérable demeure quelque trésor caché... Et qu'y pouvais-je faire ? Je demandai néanmoins si la vieille ne laissait aucun héritier.

La voisine prit alors la chandelle, qu'elle dirigea vers un coin de foyer, et je pus distinguer, accroupi dans l'âtre, un être incertain, qui paraissait endormi ; l'épaisse masse de ses cheveux cachait presque complètement son visage.

— Cette fille aveugle ; une nièce, à ce que dit la servante ; c'est à quoi la famille se réduit, paraît-il. Il faudra la mettre à l'hospice ; sinon, je ne sais pas ce qu'elle pourra devenir.

Je m'offusquai d'entendre ainsi décider de son sort devant elle, soucieux du chagrin que ces brutales paroles pourraient lui causer.

— Ne la réveillez pas, dis-je doucement, pour inviter la voisine, tout au moins, à baisser la voix.

— Oh ! je ne pense pas qu'elle dorme ; mais c'est une idiote ; elle ne parle pas et ne comprend rien à ce qu'on dit. Depuis ce matin que je suis dans la pièce, elle n'a pour ainsi dire pas bougé. J'ai d'abord cru qu'elle était sourde ; la servante prétend que non, mais que simplement la vieille, sourde elle-même, ne lui adressait jamais la parole, non plus qu'à quiconque, n'ouvrant plus la bouche depuis longtemps, que pour boire ou manger.

— Quel âge a-t-elle ?

— Une quinzaine d'années, je suppose ! au reste je n'en sais pas plus long que vous...

Il ne me vint pas aussitôt à l'esprit de prendre soin moi-même de cette pauvre abandonnée ; mais après que j'eus prié — ou plus exactement pendant la prière que je fis, entre la voisine et la petite servante, toutes deux agenouillées au chevet du lit, agenouillé moi-même, — il m'apparut soudain que Dieu plaçait sur ma route une sorte d'obligation et que je ne pouvais pas sans quelque lâcheté m'y soustraire. Quand je me relevai, ma décision était prise d'emmener l'enfant le même soir, encore que je ne me fusse pas nettement demandé ce que je ferais d'elle par la suite, ni à qui je la confierais. Je demeurai quelques instants encore à contempler le visage endormi de la vieille, dont la bouche plissée et rentrée semblait tirée comme par les cordons d'une bourse d'avare, instruite à ne rien laisser échapper. Puis me retournant du côté de l'aveugle, je fis part à la voisine de mon intention.

— Mieux vaut qu'elle ne soit point là demain, quand on viendra lever le corps, dit-elle. Et ce fut tout.

Bien des choses se feraient facilement, sans les chimériques objections que parfois les hommes se plaisent à inventer. Dès l'enfance, combien de fois sommes-nous empêchés de faire ceci ou cela que nous voudrions faire, simplement parce que nous entendons répéter autour de nous : il ne pourra pas le faire...

L'aveugle s'est laissé emmener comme une masse involontaire. Les traits de son visage étaient réguliers, assez beaux, mais parfaitement inexpressifs. J'avais pris une couverture sur la paillasse où elle devait reposer d'ordinaire dans un coin de la pièce, au-dessous d'un escalier intérieur qui menait au grenier.

La voisine s'était montrée complaisante et m'avait aidé à l'envelopper soigneusement, car la nuit très claire était fraîche ; et après avoir allumé la lanterne du cabriolet, j'étais reparti, emmenant blotti contre moi ce paquet de chair sans âme et dont je ne percevais la vie que par la communication d'une ténébreuse chaleur. Tout le long de la route, je pensais : dort-elle ? et de quel sommeil noir... Et en quoi la veille diffère-t-elle ici du sommeil ? Hôtesse de ce corps opaque, une âme attend sans doute, emmurée, que vienne la toucher enfin quelque rayon de votre grâce, Seigneur ! Permettrez-vous que mon amour, peut-être, écarte d'elle l'affreuse nuit ?...

18

J'ai trop souci de la vérité pour taire le fâcheux accueil que je dus essuyer à mon retour au foyer. Ma femme est un jardin de vertus ; et même dans les moments difficiles qu'il nous est arrivé parfois de traverser, je n'ai pu douter un instant de la qualité de son cœur ; mais sa charité naturelle n'aime pas à être surprise. C'est une personne d'ordre qui tient à ne pas aller au-delà, non plus qu'à rester en deçà du devoir. Sa charité même est réglée comme si l'amour était un trésor épuisable. C'est là notre seul point de conteste...

Sa première pensée, lorsqu'elle m'a vu revenir ce soir-là avec la petite, lui échappa dans ce cri :

— De quoi encore est-ce que tu as été te charger ?

Comme chaque fois qu'il doit y avoir une explication entre nous, j'ai commencé par faire sortir les enfants qui se tenaient là, bouche bée, pleins d'interrogation et de surprise. Ah ! combien cet accueil était loin de celui que j'eusse pu souhaiter. Seule ma chère petite Charlotte a commencé de danser et de battre les mains quand elle a compris que quelque chose de nouveau, quelque chose de vivant allait sortir de la voiture. Mais les autres, qui sont déjà stylés par la mère, ont vite fait de la refroidir et de lui faire prendre le pas.

Il y eut un moment de grande confusion. Et comme ni ma femme ni les enfants ne savaient encore qu'ils eussent affaire à une aveugle, ils ne s'expliquaient pas l'attention extrême que je prenais pour guider ses pas. Je fus moi-même tout décontenancé par les bizarres gémissements que commença de pousser la pauvre infirme sitôt que ma main abandonna la sienne, que j'avais tenue durant tout le trajet. Ses cris n'avaient rien d'humain ; on eût dit les jappements plaintifs d'un petit chien. Arrachée pour la première fois au cercle étroit de sensations coutumières qui formaient tout son univers, ses genoux fléchissaient sous elle ; mais lorsque j'avançai vers elle une chaise, elle se laissa crouler à terre, comme quelqu'un qui ne saurait pas s'asseoir ; alors je la menai jusqu'auprès du foyer, et elle reprit un peu de calme lorsqu'elle put s'accroupir, dans la position où je l'avais vue d'abord auprès du foyer de la vieille, accotée au manteau de la cheminée. En voiture déjà elle s'était laissée glisser au bas du siège et avait fait tout le trajet blottie à mes pieds. Ma femme cependant m'aidait, dont le mouvement le plus naturel est toujours le meilleur ; mais sa raison sans cesse lutte et souvent l'emporte contre son cœur.

— Qu'est-ce que tu as l'intention de faire de ça ? reprit-elle après que la petite fut installée.

Mon âme frissonna en entendant l'emploi de ce neutre et j'eus peine à maîtriser un mouvement d'indignation. Cependant, encore tout imbu de ma longue et paisible méditation, je me contins, et tourné vers eux tous qui de nouveau faisaient cercle, une main posée sur le front de l'aveugle :

— Je ramène la brebis perdue, dis-je avec le plus de solennité que je pus.

Mais Amélie n'admet pas qu'il puisse y avoir quoi que ce soit de déraisonnable ou de surraisonnable dans l'enseignement de l'Évangile. Je vis qu'elle allait protester, et c'est alors que je fis un signe à Jacques et à Sarah qui, habitués à nos petits différends conjugaux, et du reste peu curieux de leur nature (souvent même insuffisamment à mon gré), emmenèrent les deux petits. Puis, comme ma femme restait encore interdite et un peu exaspérée, me semblait-il, par la présence de l'intruse :

— Tu peux parler devant elle, ajoutai-je ; la pauvre enfant ne comprend pas.

Alors Amélie commença de protester que certainement elle n'avait rien à me dire — ce qui est le prélude habituel des plus longues explications —, et qu'elle n'avait qu'à se soumettre comme toujours à ce que je pouvais inventer de moins pratique et de plus contraire à l'usage et au bon sens. J'ai déjà écrit que je n'étais nullement fixé sur ce que je comptais faire de cette enfant. Je n'avais pas encore entrevu, ou que très vaguement, la possibilité de l'installer à notre foyer et je puis presque dire que c'est Amélie qui d'abord m'en suggéra l'idée lorsqu'elle me demanda si je pensais que nous n'étions pas « déjà assez dans la maison ». Puis elle déclara que j'allais toujours de l'avant sans jamais m'inquiéter de la résistance de ceux qui suivent, que pour sa part elle estimait que cinq enfants suffisaient, que depuis la naissance de Claude (qui précisément à ce moment, et comme en entendant son nom, se mit à hurler dans son berceau) elle en avait « son compte » et qu'elle se sentait à bout.

Aux premières phrases de sa sortie, quelques paroles du Christ me remontèrent du cœur aux lèvres, que je retins pourtant, car il me paraît toujours malséant d'abriter ma conduite derrière l'autorité du livre saint. Mais dès qu'elle argua de sa fatigue je demeurai penaud, car je reconnais qu'il m'est arrivé plus d'une fois de laisser peser sur ma femme les conséquences d'élans inconsidérés de mon zèle. Cependant ces récriminations m'avaient instruit sur mon devoir; je suppliai donc très doucement Amélie d'examiner si à ma place elle n'eût pas agi de même et s'il lui eût été possible de laisser dans la détresse un être qui manifestement n'avait plus sur qui s'appuyer; j'ajoutai que je ne m'illusionnais point sur la somme de fatigues nouvelles que le soin de cette hôtesse infirme ajouterait aux soucis du ménage, et que mon regret était de ne l'y pouvoir plus souvent seconder. Enfin je l'apaisai de mon mieux, la suppliant aussi de ne point faire retomber sur l'innocente un ressentiment que celle-ci n'avait en rien mérité. Puis je lui fis observer que Sarah désormais était en âge de l'aider davantage, Jacques de se passer de ses soins. Bref, Dieu mit en ma bouche les paroles qu'il fallait pour l'aider à accepter ce que je m'assure qu'elle eût assumé volontiers si l'événement lui eût laissé le temps de réfléchir et si je n'eusse point ainsi disposé de sa volonté par surprise.

Je croyais la partie à peu près gagnée, et déjà ma chère Amélie s'approchait bienveillamment de Gertrude ; mais soudain son irritation rebondit de plus belle lorsque, ayant pris la lampe pour examiner un peu l'enfant, elle s'avisa de son état de saleté indicible.

— Mais c'est une infection, s'écriat-elle. Brosse-toi ; brosse-toi vite. Non, pas ici. Va te secouer dehors. Ah ! Mon Dieu ! les enfants vont en être couverts. Il n'y a rien au monde que je redoute autant que la vermine.

Indéniablement la pauvre petite en était peuplée : et je ne pus me défendre d'un mouvement de dégoût en songeant que je l'avais si longuement pressée contre moi dans la voiture.

Quand je rentrai deux minutes plus tard, après m'être nettoyé de mon mieux, je trouvai ma femme effondrée dans un fauteuil, la tête dans les mains, en proie à une crise de sanglots.

—Je ne pensais pas soumettre ta constance à une pareille épreuve, lui dis-je tendrement. Quoi qu'il en soit, ce soir il est tard, et l'on n'y voit pas suffisamment. Je veillerai pour entretenir le feu auprès duquel dormira la petite. Demain nous lui couperons les cheveux et la laverons comme il faut. Tu ne commenceras à t'occuper d'elle que quand tu pourras la regarder sans horreur. Et je la priai de ne point parler de cela aux enfants.

Il était l'heure de souper. Ma protégée, vers laquelle notre vieille Rosalie, tout en nous servant, jetait force regards hostiles, dévora goulûment l'assiette de soupe que je lui tendis. Le repas fut silencieux. J'aurais voulu raconter mon aventure, parler aux enfants, les émouvoir en leur faisant comprendre et sentir l'étrangeté d'un dénuement si complet, exciter leur pitié, leur sympathie pour celle que Dieu nous invitait à recueillir ; mais je craignis de raviver l'irritation d'Amélie. Il semblait que l'ordre eût été donné de passer outre et d'oublier l'événement encore qu'aucun de nous ne pût assurément penser à rien d'autre.

Je fus extrêmement ému quand, plus d'une heure après que tous furent couchés et qu'Amélie m'eut laissé seul dans la pièce, je vis ma petite Charlotte entrouvrir la porte, avancer douce-ment, en chemise et pieds nus, puis se jeter à mon cou et m'étreindre sauva-gement en murmurant :

— Je ne t'avais pas bien dit bonsoir.

Puis, tout bas, désignant du bout de son petit index l'aveugle qui reposait innocemment et qu'elle avait eu curio-sité de revoir avant de se laisser aller au sommeil :

— Pourquoi est-ce que je ne l'ai pas embrassée ?

— Tu l'embrasseras demain. A présent laissons-la. Elle dort, lui dis-je en la raccompagnant jusqu'à la porte.

Puis je revins me rasseoir et travaillai jusqu'au matin, lisant ou préparant mon prochain sermon.

Certainement, pensais-je (il m'en souvient), Charlotte se montre beaucoup plus affectueuse aujourd'hui que ses aînés ; mais chacun d'eux, à cet âge, ne m'a-t-il pas d'abord donné le change ; mon grand Jacques lui-même, aujourd'hui si distant, si réservé... On les croit tendres, ils sont cajoleurs et câlins.

27 février.

La neige est tombée encore abon-
damment cette nuit. Les enfants sont
ravis parce que bientôt, disent-ils, on
sera forcé de sortir par les fenêtres. Le
fait est que ce matin la porte est blo-
quée et que l'on ne peut sortir que par
la buanderie. Hier, je m'étais assuré
que le village avait des provisions en
suffisance, car nous allons sans doute
demeurer quelque temps isolés du
reste de l'humanité. Ce n'est pas le
premier hiver que la neige nous bloque, mais je ne me souviens pas d'avoir
jamais vu son empêchement si épais.

J'en profite pour continuer ce récit que je commençai hier.

J'ai dit que je ne m'étais point trop demandé, lorsque j'avais ramené cette infirme, quelle place elle allait pouvoir occuper dans la maison. Je connaissais le peu de résistance de ma femme ; je savais la place dont nous pouvions disposer et nos ressources, très limitées. J'avais agi, comme je le fais toujours, autant par disposition naturelle que par principes, sans nullement chercher à calculer la dépense où mon élan risquait de m'entraîner (ce qui m'a toujours paru antiévangélique). Mais autre chose est d'avoir à se reposer sur Dieu ou à se décharger sur autrui. Il m'apparut bientôt que j'avais déposé sur les bras d'Amélie une lourde tâche, si lourde que j'en demeurai d'abord confondu.

Je l'avais aidée de mon mieux à couper les cheveux de la petite, ce que je voyais bien qu'elle ne faisait déjà qu'avec dégoût. Mais quand il s'agit de la laver et de la nettoyer je dus laisser faire ma femme ; et je compris que les plus lourds et les plus désagréables soins m'échappaient.

Au demeurant, Amélie n'éleva plus la moindre protestation. Il semblait qu'elle eût réfléchi pendant la nuit et pris son parti de cette charge nouvelle ; même elle y semblait prendre quelque plaisir et je la vis sourire après qu'elle eut achevé d'apprêter Gertrude. Un bonnet blanc couvrait la tête rase où j'avais appliqué de la pommade ; quelques anciens vêtements à Sarah et du linge propre remplacèrent les sordides haillons qu'Amélie venait de jeter au feu. Ce nom de Gertrude fut choisi par Charlotte et accepté par nous tous aussitôt, dans l'ignorance du nom véritable que l'orpheline ne connaissait point elle-même et que je ne savais où retrouver. Elle devait être un peu plus jeune que Sarah, de sorte que les vêtements que celle-ci avait dû laisser depuis un an lui convenaient.

Il me faut avouer ici la profonde déception où je me sentis sombrer les premiers jours. Certainement je m'étais fait tout un roman de l'éducation de Gertrude, et la réalité me forçait par trop d'en rabattre. L'expression indifférente, obtuse de son visage, ou plutôt son inexpressivité absolue glaçait jusqu'à sa source mon bon vouloir. Elle restait tout le long du jour, auprès du feu, sur la défensive, et dès qu'elle entendait nos voix, surtout dès que l'on s'approchait d'elle, ses traits semblaient durcir ; ils ne cessaient d'être inexpressifs que pour marquer l'hostilité ; pour peu que l'on s'efforçât d'appeler son attention elle commençait à geindre, à grogner comme un animal. Cette bouderie ne cédait qu'à l'approche du repas, que je lui servais moi-même, et sur lequel elle se jetait avec une avidité bestiale des plus pénibles à observer. Et de même que l'amour répond à l'amour, je sentais un sentiment d'aversion m'envahir, devant le refus obstiné de cette âme. Oui, vraiment, j'avoue que les dix premiers jours j'en étais venu à désespérer, et même à me désintéresser d'elle au point que je regrettais mon élan premier et que j'eusse voulu ne l'avoir jamais emmenée. Et il advenait ceci de piquant, c'est que, triomphante un peu devant ces sentiments que je ne pouvais pas bien lui cacher, Amélie prodiguait ses soins d'autant plus et de bien meilleur cœur, semblait-il, depuis qu'elle sentait que Gertrude me devenait à charge et que sa présence parmi nous me mortifiait.

J'en étais là quand je reçus la visite de mon ami le docteur Martins, du Val Travers, au cours d'une de ses tournées de malades. Il s'intéressa beaucoup à ce que je lui dis de l'état de Gertrude, s'étonna grandement d'abord de ce qu'elle fût restée à ce point arriérée, n'étant somme toute qu'aveugle ; mais je lui expliquai qu'à son infirmité s'ajoutait la surdité de la vieille qui seule jusqu'alors avait pris soin d'elle, et qui ne lui parlait jamais, de sorte que la pauvre enfant était demeurée dans un état d'abandon total. Il me persuada que, dans ce cas, j'avais tort de désespérer ; mais que je ne m'y prenais pas bien.

— Tu veux commencer de construire, me dit-il, avant de t'être assuré d'un terrain solide. Songe que tout est chaos dans cette âme et que même les premiers linéaments n'en sont pas encore arrêtés. Il s'agit, pour commencer, de lier en faisceau quelques sensations tactiles et gustatives et d'y attacher, à la manière d'une étiquette, un son, un mot, que tu lui rediras, à satiété, puis tâcheras d'obtenir qu'elle redise.

« Surtout ne cherche pas d'aller trop vite ; occupe-toi d'elle à des heures régulières, et jamais très longtemps de suite...

« Au reste cette méthode, ajouta-t-il, après me l'avoir minutieusement exposée, n'a rien de bien sorcier. Je ne l'invente point et d'autres l'ont appliquée déjà. Ne t'en souviens-tu pas ? du temps que nous faisions ensemble notre philosophie, nos professeurs, à propos de Condillac et de sa statue animée, nous entretenaient déjà d'un cas analogue à celui-ci... A moins, fit-il en se reprenant, que je n'aie lu cela plus tard, dans une revue de psychologie... N'importe ; cela m'a frappé et je me souviens même du nom de cette pauvre enfant, encore plus déshéritée que Gertrude, car elle était aveugle et sourde-muette, qu'un docteur de je ne sais plus quel comté d'Angleterre recueillit, vers le milieu du siècle dernier. Elle avait nom Laura Bridgeman. Ce docteur avait tenu journal, comme tu devrais faire, des progrès de l'enfant, ou du moins, pour commencer, de ses efforts à lui pour l'instruire. Durant des jours et des semaines, il s'obstina à lui faire toucher et palper alternativement deux petits objets, une épingle, puis une plume, puis toucher sur une feuille imprimée à l'usage des aveugles le relief des deux mots anglais : *pin* et *pen*. Et durant des semaines, il n'obtint aucun résultat. Le corps semblait inhabité. Pourtant il ne perdait pas confiance. Je me faisais l'effet de quelqu'un, racontait-il, qui, penché sur la margelle d'un puits profond et noir, agiterait désespérément une corde dans l'espoir qu'enfin une main la saisisse. Car il ne douta pas un instant que quelqu'un ne fût là, au fond du gouffre, et que cette corde à la fin ne soit saisie. Et un jour, enfin, il vit cet impassible visage de Laura s'éclairer d'une sorte de sourire ; je crois bien qu'à ce moment des larmes de reconnaissance et d'amour jaillirent de ses yeux et qu'il tomba à genoux pour remercier le Seigneur. Laura venait tout à coup de comprendre ce que le docteur voulait d'elle ; sauvée ! A partir de ce jour elle fit attention ; ses progrès furent rapides ; elle s'instruisit bientôt elle-même, et par la suite devint directrice d'un institut d'aveugles — à moins que ce ne fût une autre... car d'autres cas se présentèrent récemment, dont les revues et les journaux ont longuement parlé, s'étonnant à qui mieux mieux, un peu sottement à mon avis, que de telles créatures pussent être heureuses. Car c'est un fait : chacune de ces emmurées était heureuse, et sitôt qu'il leur fut donné de s'exprimer, ce fut pour raconter leur *bonheur*. Naturellement les journalistes s'extasiaient, en tiraient un enseignement pour ceux qui, "jouissant" de leurs cinq sens, ont pourtant le front de se plaindre... »

Ici s'engagea une discussion entre Martins et moi qui regimbais contre son pessimisme et n'admettais point que les sens, comme il semblait l'admettre, ne servissent en fin de compte qu'à nous désoler.

— Ce n'est point ainsi que je l'entends, protesta-t-il, je veux dire simplement que l'âme de l'homme imagine plus facilement et plus volontiers la beauté, l'aisance et l'harmonie que le désordre et le péché qui partout ternissent, avilissent, tachent et déchirent ce monde et sur quoi nous renseignent et tout à la fois nous aident à contribuer nos cinq sens. De sorte que, plus volontiers, je ferais suivre le

Fortunatos nimium de Virgile, de *si sua mala nescient,* que du *si sua bona norint* qu'on nous enseigne : Combien heureux les hommes, s'ils pouvaient ignorer le mal !

Puis il me parla d'un conte de Dickens, qu'il croit avoir été directement inspiré par l'exemple de Laura Bridgeman et qu'il promit de m'envoyer aussitôt. Et quatre jours après je reçus en effet *Le Grillon du foyer,* que je lus avec un vif plaisir. C'est l'histoire un peu longue, mais pathétique par instants, d'une jeune aveugle que son père, pauvre fabricant de jouets, entretient dans l'illusion du confort, de la richesse et du bonheur ; mensonge que l'art de Dickens s'évertue à faire passer pour pieux, mais dont, Dieu merci ! je n'aurai pas à user avec Gertrude.

Dès le lendemain du jour où Martins était venu me voir, je commençai de mettre en pratique sa méthode et m'y appliquai de mon mieux. Je regrette à présent de n'avoir point pris note, ainsi qu'il me le conseillait, des premiers pas de Gertrude sur cette route crépusculaire, où moi-même je ne la guidais d'abord qu'en tâtonnant. Il y fallut, dans les premières semaines, plus de patience que l'on ne saurait croire, non seulement en raison du temps que cette première éducation exigeait, mais aussi des reproches qu'elle me fit encourir. Il m'est pénible d'avoir à dire que ces reproches me venaient d'Amélie ; et du reste, si j'en parle ici, c'est que je n'en ai conservé nulle animosité, nulle aigreur — je l'atteste solennellement pour le cas où plus tard ces feuilles seraient lues par elle. (Le pardon des offenses ne nous est-il pas enseigné par le Christ immédiatement à la suite de la parabole sur la brebis égarée ?) Je dirai plus : au moment même où j'avais le plus à souffrir de ses reproches, je ne pouvais lui en vouloir de ce qu'elle désapprouvât ce long temps que je consacrais à Gertrude. Ce que je lui reprochais plutôt c'était de n'avoir pas confiance que mes soins pussent remporter quelques succès. Oui, c'est ce manque de foi qui me peinait ; sans me décourager du reste. Combien souvent j'eus à l'entendre répéter : « Si encore tu devais aboutir à quelque résultat... » Et elle demeurait obtusement convaincue que ma peine était vaine ; de sorte que naturellement il lui paraissait malséant que je consacrasse à cette œuvre un temps qu'elle prétendait toujours qui serait mieux employé différemment. Et chaque fois que je m'occupais de Gertrude elle trouvait à me représenter que je ne sais qui ou quoi attendait cependant après moi, et que je distrayais pour celle-ci un temps que j'eusse dû donner à d'autres. Enfin, je crois qu'une sorte de jalousie maternelle l'animait, car je lui entendis plus d'une fois me dire : « Tu ne t'es jamais autant occupé d'aucun de tes propres enfants. » Ce qui était vrai ; car si j'aime beaucoup mes enfants, je n'ai jamais cru que j'eusse beaucoup à m'occuper d'eux.

J'ai souvent éprouvé que la parabole

de la brebis égarée reste une des plus difficiles à admettre pour certaines âmes, qui pourtant se croient profondément chrétiennes. Que chaque brebis du troupeau, prise à part, puisse aux yeux du berger être plus précieuse à son tour que tout le reste du troupeau pris en bloc, voici ce qu'elles ne peuvent s'élever à comprendre. Et ces mots : « Si un homme a cent brebis et que l'une d'elles s'égare, ne laisse-t-il pas les quatre-vingt-dix-neuf autres sur les montagnes, pour aller chercher celle qui s'est égarée ? » — ces mots tout rayonnants de charité, si elles osaient parler franc, elles les déclareraient de la plus révoltante injustice.

Les premiers sourires de Gertrude me consolaient de tout et payaient mes soins au centuple. Car « cette brebis, si le pasteur la trouve, je vous le dis en vérité, elle lui cause plus de joie que les quatre-vingt-dix-neuf autres qui ne se sont jamais égarées ». Oui, je le dis en vérité, jamais sourire d'aucun de mes enfants ne m'a inondé le cœur

d'une aussi séraphique joie que fit
celui que je vis poindre sur ce visage
de statue certain matin où brusquement elle sembla commencer à comprendre et à s'intéresser à ce que je
m'efforçais de lui enseigner depuis
tant de jours.

Le 5 mars. J'ai noté cette date
comme celle d'une naissance. C'était
moins un sourire qu'une transfigura-
tion. Tout à coup ses traits *s'animèrent*;
ce fut comme un éclairement subit, pareil à cette lueur purpurine dans les
hautes Alpes qui, précédant l'aurore,
fait vibrer le sommet neigeux qu'elle
désigne et sort de la nuit; on eût dit
une coloration mystique; et je songeai
également à la piscine de Bethesda au
moment que l'ange descend et vient
réveiller l'eau dormante. J'eus une sorte de ravissement devant l'expression
angélique que Gertrude put prendre
soudain, car il m'apparut que ce qui la
visitait en cet instant n'était point tant
l'intelligence que l'amour. Alors un tel
élan de reconnaissance me souleva,

qu'il me sembla que j'offrais à Dieu le baiser que je déposai sur ce beau front.

Autant ce premier résultat avait été difficile à obtenir, autant les progrès sitôt après furent rapides. Je fais effort aujourd'hui pour me remémorer par quels chemins nous procédâmes ; il me semblait parfois que Gertrude avançât par bonds comme pour se moquer des méthodes. Je me souviens que j'insistai d'abord sur les qualités des objets plutôt que sur la variété de ceux-ci : le chaud, le froid, le tiède, le doux, l'amer, le rude, le souple, le léger... puis les mouvements : écarter, rapprocher, lever, croiser, coucher, nouer, disperser, rassembler, etc. Et bientôt, abandonnant toute méthode, j'en vins à causer avec elle sans trop m'inquiéter si son esprit toujours me suivait ; mais lentement, l'invitant et la provoquant à me questionner à loisir. Certainement un travail se faisait en son esprit durant le temps que je l'abandonnais à elle-même ; car chaque fois que je la retrouvais, c'était avec une nouvelle surprise et je me sentais séparé d'elle par une moindre épaisseur de nuit. C'est tout de même ainsi, me disais-je, que la tiédeur de l'air et l'insistance du printemps triomphent peu à peu de l'hiver. Que de fois n'ai-je pas admiré la manière dont fond la neige : on dirait que le manteau s'use par en dessous, et son aspect reste le même. A chaque hiver Amélie y est prise et me déclare : la neige n'a toujours pas changé ; on la croit épaisse encore, quand déjà la voici qui cède et tout à coup, de place en place, laisse reparaître la vie.

Craignant que Gertrude ne s'étiolât à demeurer auprès du feu sans cesse, comme une vieille, j'avais commencé de la faire sortir. Mais elle ne consentait à se promener qu'à mon bras. Sa surprise et sa crainte d'abord, dès qu'elle avait quitté la maison, me laissèrent comprendre, avant qu'elle eût su me le dire, qu'elle ne s'était encore jamais hasardée au-dehors. Dans la chaumière où je l'avais trouvée, personne ne s'était occupé d'elle autrement que pour lui donner à manger et l'aider à ne point mourir, car je n'ose point dire : à vivre. Son univers obscur était borné par les murs mêmes de cette unique pièce qu'elle n'avait jamais quittée ; à peine se hasardait-elle, les jours d'été, au bord du seuil, quand la porte restait ouverte sur le grand univers lumineux. Elle me raconta plus tard, qu'entendant le chant des oiseaux, elle l'imaginait alors un pur effet de la lumière, ainsi que cette chaleur même qu'elle sentait caresser ses joues et ses mains, et que, sans du reste y réfléchir précisément, il lui paraissait tout naturel que l'air chaud se mît à chanter de même que l'eau se met à bouillir près du feu. Le vrai c'est qu'elle ne s'en était point inquiétée, qu'elle ne faisait attention à rien et vivait dans un engourdissement profond, jusqu'au jour où je commençai de m'occuper d'elle. Je me souviens de son inépuisable ravissement lorsque je lui appris que ces petites voix émanaient de créatures vivantes, dont il semble que l'unique fonction soit de sentir et d'exprimer l'éparse joie de la nature. (C'est de ce jour qu'elle prit l'habitude de dire : Je suis joyeuse comme un oiseau.) Et pourtant l'idée que ces chants racontaient la splendeur d'un spectacle qu'elle ne pouvait point contempler avait commencé par la rendre mélancolique.

— Est-ce que vraiment, disait-elle, la terre est aussi belle que le racontent les oiseaux ? Pourquoi ne le dit-on pas davantage ? Pourquoi, vous, ne me le dites-vous pas ? Est-ce par crainte de me peiner en songeant que je ne puis la voir ? Vous auriez tort. J'écoute si bien les oiseaux ; je crois que je comprends tout ce qu'ils disent.

— Ceux qui peuvent y voir ne les entendent pas si bien que toi, ma Gertrude, lui dis-je en espérant la consoler.

— Pourquoi les autres animaux ne chantent-ils pas ? reprit-elle. Parfois ses questions me surprenaient et je demeurais un instant perplexe, car elle me forçait de réfléchir à ce que jusqu'alors j'avais accepté sans m'en étonner. C'est ainsi que je considérai, pour la première fois, que, plus l'animal est attaché de près à la terre et plus il est pesant, plus il est triste. C'est ce que je tâchai de lui faire comprendre ; et je lui parlai de l'écureuil et de ses jeux.

Elle me demanda alors si les oiseaux étaient les seuls animaux qui volaient.

— Il y a aussi les papillons, lui dis-je.

— Est-ce qu'ils chantent ?

— Ils ont une autre façon de raconter leur joie, repris-je. Elle est inscrite en couleurs sur leurs ailes... Et je lui décrivis la bigarrure des papillons.

28 février.

Je reviens en arrière ; car hier je m'étais laissé entraîner.

Pour l'enseigner à Gertrude j'avais dû apprendre moi-même l'alphabet des aveugles ; mais bientôt elle devint beaucoup plus habile que moi à lire cette écriture où j'avais assez de peine à me reconnaître, et qu'au surplus, je suivais plus volontiers avec les yeux qu'avec les mains. Du reste, je ne fus point le seul à l'instruire. Et d'abord je fus heureux d'être secondé dans ce soin, car j'ai fort à faire sur la commune, dont les maisons sont dispersées à l'excès de sorte que mes visites de pauvres et de malades m'obligent à des courses parfois assez lointaines. Jacques avait trouvé le moyen de se casser le bras en patinant pendant les vacances de Noël qu'il était venu passer près de nous — car entre-temps il était retourné à Lausanne où il avait fait déjà ses premières études, et entré à la faculté de théologie. La fracture ne présentait aucune gravité et Martins que j'avais aussitôt appelé put aisément la réduire sans l'aide d'un chirurgien ; mais les précautions qu'il fallut prendre obligèrent Jacques à garder la maison quelque temps. Il commença brusquement de s'intéresser à Gertrude, que jusqu'alors il n'avait point considérée, et s'occupa de m'aider à lui apprendre à lire. Sa collaboration ne dura que le temps de sa convalescence, trois semaines environ, mais durant lesquelles Gertrude fit de sensibles progrès. Un zèle extraordinaire la stimulait à présent. Cette intelligence hier encore engourdie, il semblait que, dès les premiers pas et presque avant de savoir marcher, elle se mettait à courir. J'admire le peu de difficulté qu'elle trouvait à formuler ses pensées, et combien promptement elle parvint à s'exprimer d'une manière, non point enfantine, mais correcte déjà, s'aidant pour imager l'idée, et de la manière la plus inattendue pour nous et la plus plaisante, des objets qu'on venait de lui apprendre à connaître, ou de ce dont nous lui parlions et que nous lui décrivions, lorsque nous ne le pouvions mettre directement à sa portée ; car nous nous servions toujours de ce qu'elle pouvait toucher ou sentir pour expliquer ce qu'elle ne pouvait atteindre, procédant à la manière des télémétreurs.

Mais je crois inutile de noter ici tous les échelons premiers de cette instruction qui, sans doute, se retrouvent dans l'instruction de tous les aveugles. C'est ainsi que, pour chacun d'eux, je pense, la question des couleurs a plongé chaque maître dans un même embarras. (Et à ce sujet je fus appelé à remarquer qu'il n'est nulle part question de couleurs dans l'Évangile.) Je ne sais comment s'y sont pris les autres ; pour ma part je commençai par lui nommer les couleurs du prisme dans l'ordre où l'arc-en-ciel nous les présente ; mais aussitôt s'établit une confusion dans son esprit entre couleur et clarté ; et je me rendais compte que son imagination ne parvenait à faire aucune distinction entre la qualité de la nuance et ce que les peintres appellent, je crois, « la valeur ». Elle avait le plus grand mal à comprendre que chaque couleur à son tour pût être plus ou moins foncée, et qu'elles pussent à l'infini se mélanger entre elles. Rien ne l'intriguait davantage et elle revenait sans cesse là-dessus.

Cependant il me fut donné de l'emmener à Neuchâtel où je pus lui faire entendre un concert. Le rôle de chaque instrument dans la symphonie me permit de revenir sur cette question des couleurs. Je fis remarquer à

Gertrude les sonorités différentes des cuivres, des instruments à cordes et des bois, et que chacun d'eux à sa manière est susceptible d'offrir, avec plus ou moins d'intensité, toute l'échelle des sons, des plus graves aux plus aigus. Je l'invitai à se représenter de même, dans la nature, les colorations rouges et orangées analogues aux sonorités des cors et des trombones, les jaunes et les verts à celles des violons, des violoncelles et des basses ; les violets et les bleus rappelés ici par les flûtes, les clarinettes et les hautbois. Une sorte de ravissement intérieur vint dès lors remplacer ses doutes :

— Que cela doit être beau ! répétait-elle.

Puis, tout à coup :

— Mais alors : le blanc ? Je ne comprends plus à quoi ressemble le blanc...

Et il m'apparut aussitôt combien ma comparaison était précaire.

— Le blanc, essayai-je pourtant de lui dire, est la limite aiguë où tous les tons se confondent, comme le noir en est la limite sombre. — Mais ceci ne me satisfit pas plus qu'elle, qui me fit aussitôt remarquer que les bois, les cuivres et les violons restent distincts les uns des autres dans le plus grave aussi bien que dans le plus aigu. Que de fois, comme alors, je dus demeurer d'abord silencieux, perplexe et cherchant à quelle comparaison je pourrais faire appel.

— Eh bien ! lui dis-je enfin, représente-toi le blanc comme quelque chose de tout pur, quelque chose où il n'y a plus aucune couleur, mais seulement de la lumière ; le noir, au contraire, comme chargé de couleur, jusqu'à en être tout obscurci...

Je ne rappelle ici ce débris de dialogue que comme un exemple des difficultés où je me heurtais trop souvent. Gertrude avait ceci de bien qu'elle ne faisait jamais semblant de comprendre, comme font si souvent les gens, qui meublent ainsi leur esprit de données imprécises ou fausses, par quoi tous les raisonnements ensuite se trouvent viciés. Tant qu'elle ne s'en était point fait une idée nette, chaque notion demeurait pour elle une cause d'inquiétude et de gêne.

Pour ce que j'ai dit plus haut, la difficulté s'augmentait de ce que, dans son esprit, la notion de lumière et celle de chaleur s'étaient d'abord étroitement liées, de sorte que j'eus le plus grand mal à les dissocier par la suite.

Ainsi j'expérimentais sans cesse à travers elle combien le monde visuel diffère du monde des sons et à quel point toute comparaison que l'on cherche à tirer de l'un pour l'autre est boiteuse.

29 février.

Tout occupé par mes comparaisons, je n'ai point dit encore l'immense plaisir que Gertrude avait pris à ce concert de Neuchâtel. On y jouait précisément *La Symphonie pastorale*. Je dis « précisément » car il n'est, on le comprend aisément, pas une œuvre que j'eusse pu davantage souhaiter de lui faire entendre. Longtemps après que nous eûmes quitté la salle de concert, Gertrude restait encore silencieuse et comme noyée dans l'extase.

— Est-ce que vraiment ce que vous voyez est aussi beau que cela ? dit-elle enfin.

— Aussi beau que quoi, ma chérie ?

— Que cette « *scène au bord du ruisseau* ».

Je ne lui répondis pas aussitôt, car je réfléchissais que ces harmonies ineffables peignaient, non point le monde tel qu'il était, mais bien tel qu'il aurait pu être, qu'il pourrait être sans le mal et sans le péché. Et jamais encore je n'avais osé parler à Gertrude du mal, du péché, de la mort.

— Ceux qui ont des yeux, dis-je enfin, ne connaissent pas leur bonheur.

— Mais moi qui n'en ai point, s'écria-t-elle aussitôt, je connais le bonheur d'entendre.

Elle se serrait contre moi tout en marchant et elle pesait à mon bras comme font les petits enfants :

— Pasteur, est-ce que vous sentez combien je suis heureuse ? Non, non, je ne dis pas cela pour vous faire plaisir. Regardez-moi : est-ce que cela ne se voit pas sur le visage, quand ce que l'on dit n'est pas vrai ? Moi, je le reconnais si bien à la voix. Vous souvenez-vous du jour où vous m'avez répondu que vous ne pleuriez pas, après que ma tante (c'est ainsi qu'elle appelait ma femme) vous avait reproché de ne rien savoir faire pour elle ; je me suis écriée : « Pasteur, vous mentez ! » Oh ! je l'ai senti tout de suite à votre voix, que vous ne me disiez pas la vérité ; je n'ai pas eu besoin de toucher vos joues, pour savoir que vous aviez pleuré. Et elle répéta très haut : « Non, je n'avais pas besoin de toucher vos joues » — ce qui me fit rougir, parce que nous étions encore dans la ville et que des passants se retournèrent. Cependant elle continuait :

— Il ne faut pas chercher à m'en faire accroire, voyez-vous. D'abord parce que ça serait très lâche de chercher à tromper une aveugle... Et puis parce que ça ne prendrait pas, ajouta-t-elle en riant. Dites-moi, pasteur, vous n'êtes pas malheureux, n'est-ce pas ?

Je portai sa main à mes lèvres, comme pour lui faire sentir sans le lui avouer que partie de mon bonheur venait d'elle, tout en répondant :

— Non, Gertrude, non, je ne suis pas malheureux.   Comment serais-je malheureux ?

— Vous pleurez quelquefois, pourtant ?

— J'ai pleuré quelquefois.

— Pas depuis la fois que j'ai dit ?

— Non, je n'ai plus repleuré, depuis.

— Et vous n'avez plus eu envie de pleurer ?

— Non, Gertrude.

— Et dites... est-ce qu'il vous est arrivé, depuis, d'avoir envie de mentir ?

— Non, chère enfant.

— Pouvez-vous me promettre de ne jamais chercher à me tromper ?

— Je le promets.

— Eh bien ! dites-moi tout de suite : Est-ce que je suis jolie ?

Cette brusque question m'interloqua, d'autant plus que je n'avais point voulu jusqu'à ce jour accorder attention à l'indéniable beauté de Gertrude ; et je tenais pour parfaitement inutile, au surplus, qu'elle en fût elle-même avertie.

— Que t'importe de le savoir ? lui dis-je aussitôt.

— Cela, c'est mon souci, reprit-elle. Je voudrais savoir si je ne... comment dites-vous cela ?... si je ne détonne pas trop dans la symphonie. A qui d'autre demanderais-je cela, pasteur ?

— Un pasteur n'a pas à s'inquiéter de la beauté des visages, dis-je, me défendant comme je pouvais.

— Pourquoi ?

— Parce que la beauté des âmes lui suffit.

— Vous préférez me laisser croire que je suis laide, dit-elle alors avec une moue charmante ; de sorte que, n'y tenant plus, je m'écriai :

— Gertrude, vous savez bien que vous êtes jolie.

Elle se tut et son visage prit une expression très grave dont elle ne se départit plus jusqu'au retour.

Aussitôt rentrés, Amélie trouva le moyen de me faire sentir qu'elle désapprouvait l'emploi de ma journée.

Elle aurait pu me le dire auparavant ; mais elle nous avait laissés partir, Gertrude et moi, sans mot dire, selon son habitude de laisser faire et de se réserver ensuite le droit de blâmer. Du reste elle ne me fit point précisément des reproches ; mais son silence même était accusateur ; car n'eût-il pas été naturel qu'elle s'informât de ce que nous avions entendu, puisqu'elle savait que je menais Gertrude au concert ? la joie de cette enfant n'eût-elle pas été augmentée par le moindre intérêt qu'elle eût senti que l'on prenait à son plaisir ? Amélie du reste ne demeurait pas silencieuse, mais elle semblait mettre une sorte d'affectation à ne parler que des choses les plus indifférentes ; et ce ne fut que le soir, après que les petits furent allés se coucher, que l'ayant prise à part et lui ayant demandé sévèrement :

— Tu es fâchée de ce que j'ai mené Gertrude au concert ?, j'obtins cette réponse :

— Tu fais pour elle ce que tu n'aurais fait pour aucun des tiens.

C'était donc toujours le même grief, et le même refus de comprendre que l'on fête l'enfant qui revient, mais non point ceux qui sont demeurés, comme le montre la parabole ; il me peinait aussi de ne la voir tenir aucun compte de l'infirmité de Gertrude, qui ne pouvait espérer d'autre fête que celle-là. Et si, providentiellement, je m'étais trouvé libre de mon temps ce jour-là, moi qui suis si requis d'ordinaire, le reproche d'Amélie était d'autant plus injuste qu'elle savait bien que chacun de mes enfants avait soit un travail à faire, soit quelque occupation qui le retenait, et qu'elle-même, Amélie, n'a point de goût pour la musique, de sorte que, lorsqu'elle disposerait de tout son temps, jamais il ne lui viendrait à l'idée d'aller au concert, lors même que celui-ci se donnerait à notre porte.

Ce qui me chagrinait davantage, c'est qu'Amélie eût osé dire cela devant Gertrude ; car bien que j'eusse pris ma femme à l'écart, elle avait élevé la voix assez pour que Gertrude l'entendît. Je me sentais moins triste qu'indigné, et quelques instants plus tard, comme Amélie nous avait laissés, m'étant approché de Gertrude, je pris sa petite main frêle et la portant à mon visage :

— Tu vois ! cette fois je n'ai pas pleuré.

— Non : cette fois, c'est mon tour, dit-elle, en s'efforçant de me sourire ; et son beau visage qu'elle levait vers moi, je vis soudain qu'il était inondé de larmes.

8 mars.

Le seul plaisir que je puisse faire à Amélie, c'est de m'abstenir de faire les choses qui lui déplaisent. Ces témoignages d'amour tout négatifs sont les seuls qu'elle me permette. À quel point elle a déjà rétréci ma vie, c'est ce dont elle ne peut se rendre compte. Ah ! plût à Dieu qu'elle réclamât de moi quelque action difficile ! Avec quelle joie j'accomplirais pour elle le téméraire, le périlleux ! Mais on dirait qu'elle répugne à tout ce qui n'est pas coutumier ; de sorte que le progrès dans la vie n'est pour elle que d'ajouter de semblables jours au passé. Elle ne souhaite pas, elle n'accepte même pas de moi, des vertus nouvelles, ni même un accroissement des vertus reconnues. Elle regarde avec inquiétude, quand ce n'est pas avec réprobation, tout l'effort de l'âme qui veut voir dans le christianisme autre chose qu'une domestication des instincts.

Je dois avouer que j'avais complètement oublié, une fois à Neuchâtel, d'aller régler le compte de notre mercière, ainsi qu'Amélie m'en avait prié, et de lui rapporter une boîte de fil. Mais j'en étais ensuite beaucoup plus fâché contre moi qu'elle ne pouvait être elle-même ; et d'autant plus que je m'étais bien promis de n'y pas manquer, sachant du reste que « celui qui est fidèle dans les petites choses le sera aussi dans les grandes », — et craignant les conclusions qu'elle pouvait tirer de mon oubli. J'aurais même voulu qu'elle m'en fît quelque reproche, car sur ce point certainement j'en méritais. Mais comme il advient surtout, le grief imaginaire l'emportait sur l'imputation précise : ah ! que la vie serait belle et notre misère supportable, si nous nous contentions des maux réels sans prêter l'oreille aux fantômes et aux monstres de notre esprit... Mais je me laisse aller à noter ici ce qui ferait plutôt le sujet d'un sermon (Matt., XII, 29 : « N'ayez point l'esprit inquiet »). C'est l'histoire du développement intellectuel et moral de Gertrude que j'ai entrepris de tracer ici. J'y reviens.

J'espérais pouvoir suivre ici ce développement pas à pas, et j'avais commencé d'en raconter le détail. Mais outre que le temps me manque pour en noter minutieusement toutes les phases, il m'est extrêmement difficile aujourd'hui d'en retrouver l'enchaînement exact. Mon récit m'entraînant, j'ai rapporté d'abord des réflexions de Gertrude, des conversations avec elle, beaucoup plus récentes, et celui qui par aventure lirait ces pages s'étonnera sans doute de l'entendre s'exprimer aussitôt avec

tant de justesse et raisonner si judicieu-
sement. C'est aussi que ses progrès
furent d'une rapidité déconcertante :
j'admirais souvent avec quelle promp-
titude son esprit saisissait l'aliment
intellectuel que j'approchais d'elle et
tout ce dont il pouvait s'emparer, le
faisant sien par un travail d'assimila-
tion et de maturation continuel. Elle
me surprenait, précédant sans cesse
ma pensée, la dépassant, et souvent
d'un entretien à l'autre je ne recon-
naissais plus mon élève.

Au bout de peu de mois il ne paraissait plus que son intelligence avait
sommeillé si longtemps. Même elle
montrait plus de sagesse déjà que n'en
ont la plupart des jeunes filles que le
monde extérieur dissipe et dont main-
tes préoccupations futiles absorbent la
meilleure attention. Au surplus elle
était, je crois, sensiblement plus âgée
qu'il ne nous avait paru d'abord. Il
semblait qu'elle prétendît tourner à
profit sa cécité, de sorte que j'en
venais à douter, si sur beaucoup de

points, cette infirmité ne lui devenait pas un avantage. Malgré moi je la comparais à Charlotte et lorsque parfois il m'arrivait de faire répéter à celle-ci ses leçons, voyant son esprit tout distrait par la moindre mouche qui vole, je pensais : « Tout de même, comme elle m'écouterait mieux, si seulement elle n'y voyait pas ! »

Il va sans dire que Gertrude était très avide de lectures ; mais, soucieux d'accompagner le plus possible sa pensée, je préférais qu'elle ne lût pas beaucoup — ou du moins pas beaucoup sans moi — et principalement la Bible, ce qui peut paraître bien étrange pour un protestant. Je m'expliquerai là-dessus ; mais, avant que d'aborder une question si importante, je veux relater un petit fait qui a rapport à la musique et qu'il faut situer, autant qu'il m'en souvient, peu de temps après le concert de Neuchâtel.

Oui, ce concert avait eu lieu, je crois, trois semaines avant les vacances d'été qui ramenèrent Jacques près de nous.

Entre-temps il m'était arrivé plus d'une fois d'asseoir Gertrude devant le petit harmonium de notre chapelle, que tient d'ordinaire Mlle de la M... chez qui Gertrude habite à présent. Louise de la M... n'avait pas encore commencé l'instruction musicale de Gertrude. Malgré l'amour que j'ai pour la musique, je n'y connais pas grand-chose et ne me sentais guère capable de rien lui enseigner lorsque je m'asseyais devant le clavier auprès d'elle.

— Non, laissez-moi, m'a-t-elle dit, dès les premiers tâtonnements. Je préfère essayer seule.

Et je la quittais d'autant plus volontiers que la chapelle ne me paraissait guère un lieu décent pour m'y enfermer seul avec elle, autant par respect pour le saint lieu, que par crainte des racontars — encore qu'à l'ordinaire je m'efforce de n'en point tenir compte ; mais il s'agit ici d'elle et non plus seulement de moi. Lorsqu'une tournée de visites m'appelait de ce côté, je

l'emmenais jusqu'à l'église et l'abandonnais donc, durant de longues
heures, souvent, puis allais la reprendre au retour. Elle s'occupait ainsi
patiemment, à découvrir des harmonies, et je la retrouvais vers le soir,
attentive, devant quelque consonance
qui la plongeait dans un ravissement
prolongé.

Un des premiers jours d'août, il y a à
peine un peu plus de six mois de cela,
n'ayant point trouvé chez elle une
pauvre veuve à qui j'allais porter quelque consolation, je revins pour prendre Gertrude à l'église où je l'avais
laissée ; elle ne m'attendait point si tôt
et je fus extrêmement surpris de trouver Jacques auprès d'elle. Ni l'un ni
l'autre ne m'avaient entendu entrer,
car le peu de bruit que je fis fut cou-
vert par les sons de l'orgue. Il n'est
point dans mon naturel d'épier, mais
tout ce qui touche à Gertrude me tient
au cœur : amortissant donc le bruit de
mes pas, je gravis furtivement les quelques marches de l'escalier qui mène à

la tribune ; excellent poste d'observation. Je dois dire que, tout le temps que je demeurai là, je n'entendis pas une parole que l'un et l'autre n'eussent aussi bien dite devant moi. Mais, il était contre elle et, à plusieurs reprises, je le vis qui prenait sa main pour guider ses doigts sur les touches. N'était-il pas étrange déjà qu'elle acceptât de lui des observations et une direction dont elle m'avait dit précédemment qu'elle préférait se passer ? J'en étais plus étonné, plus peiné que je n'aurais voulu me l'avouer à moi-même et déjà je me proposais d'intervenir lorsque je vis Jacques tout à coup tirer sa montre.

— Il est temps que je te quitte, à présent, dit-il ; mon père va bientôt revenir.

Je le vis alors porter à ses lèvres la main qu'elle lui abandonna ; puis il partit. Quelques instants après, ayant redescendu sans bruit l'escalier, j'ouvris la porte de l'église de manière qu'elle pût l'entendre et croire que je ne faisais que d'entrer.

— Eh bien, Gertrude ! Es-tu prête à rentrer ? L'orgue va bien ?

— Oui, très bien, me dit-elle de sa voix la plus naturelle ; aujourd'hui j'ai vraiment fait quelques progrès.

Une grande tristesse emplissait mon cœur, mais nous ne fîmes ni l'un ni l'autre aucune allusion à ce que je viens de raconter.

Il me tardait de me trouver seul avec Jacques. Ma femme, Gertrude et les enfants se retiraient d'ordinaire assez tôt après le souper, nous laissant tous deux prolonger studieusement la veillée. J'attendais ce moment. Mais devant que de lui parler je me sentis le cœur si gonflé et par des sentiments si troublés que je ne savais ou n'osais aborder le sujet qui me tourmentait. Et ce fut lui qui brusquement rompit le silence en m'annonçant sa résolution de passer toutes les vacances auprès de nous. Or, peu de jours auparavant, il nous avait fait part d'un projet de voyage dans les Hautes-

Alpes, que ma femme et moi avions grandement approuvé ; je savais que mon ami T..., qu'il choisissait pour compagnon de route, l'attendait ; aussi m'apparut-il nettement que ce revirement subit n'était point sans rapport avec la scène que je venais de surprendre. Une grande indignation me souleva d'abord, mais craignant, si je m'y laissais aller, que mon fils ne se fermât à moi définitivement, craignant aussi d'avoir à regretter des paroles trop vives, je fis un grand effort sur moi-même et du ton le plus naturel que je pus :

— Je croyais que T... comptait sur toi, lui dis-je.

— Oh ! reprit-il, il n'y comptait pas absolument, et du reste, il ne sera pas en peine de me remplacer. Je me repose aussi bien ici que dans l'Oberland et je crois vraiment que je peux employer mon temps mieux qu'à courir les montagnes.

— Enfin, dis-je, tu as trouvé ici de quoi t'occuper ?

Il me regarda, percevant dans le ton

de ma voix quelque ironie, mais, comme il n'en distinguait pas encore le motif, il reprit d'un air dégagé :

— Vous savez que j'ai toujours préféré le livre à l'alpenstock.

— Oui, mon ami, fis-je en le regardant à mon tour fixement ; mais ne crois-tu pas que les leçons d'accompagnement à l'harmonium présentent pour toi encore plus d'attrait que la lecture ?

Sans doute il se sentit rougir, car il mit sa main devant son front, comme pour s'abriter de la clarté de la lampe. Mais il se ressaisit presque aussitôt, et d'une voix que j'aurais souhaitée moins assurée :

— Ne m'accusez pas trop, mon père. Mon intention n'était pas de vous rien cacher, et vous devancez de bien peu l'aveu que je m'apprêtais à vous faire.

Il parlait posément, comme on lit un livre, achevant ses phrases avec autant de calme, semblait-il, que s'il ne se fût pas agi de lui-même. L'extraordinaire possession de soi dont il faisait preuve achevait de m'exaspérer. Sentant que j'allais l'interrompre, il leva la main, comme pour me dire : non, vous pourrez parler ensuite, laissez-moi d'abord achever ; mais je saisis son bras et le secouant :

— Plutôt que de te voir porter le trouble dans l'âme pure de Gertrude, m'écriai-je impétueusement, ah ! je préférerais ne plus te revoir. Je n'ai pas besoin de tes aveux ! Abuser de l'infirmité, de l'innocence, de la candeur, c'est une abominable lâcheté dont je ne t'aurais jamais cru capable ! et de m'en parler avec ce détestable sang-froid !... Écoute-moi bien : J'ai charge de Gertrude et je ne supporterai pas un jour de plus que tu lui parles, que tu la touches, que tu la voies.

— Mais, mon père, reprit-il sur le même ton tranquille et qui me mettait hors de moi, croyez bien que je respecte Gertrude autant que vous pouvez faire vous-même. Vous vous méprenez étrangement si vous pensez qu'il entre quoi que ce soit de répréhensible, je ne dis pas seulement dans ma conduite, mais dans mon dessein même et dans le secret de mon cœur. J'aime Gertrude, et je la respecte, vous dis-je, autant que je l'aime. L'idée de la troubler, d'abuser de son innocence et de sa cécité me paraît aussi abominable qu'à vous. Puis il protesta que ce qu'il voulait être pour elle, c'était un soutien, un ami, un mari ; qu'il n'avait pas cru devoir m'en parler avant que sa résolution de l'épouser fût prise ; que cette résolution Gertrude elle-même ne la connaissait pas encore et que c'était à moi qu'il en voulait parler d'abord. « Voici l'aveu que j'avais à vous faire, ajouta-t-il, et je n'ai rien d'autre à vous confesser, croyez-le. »

Ces paroles m'emplissaient de stupeur. Tout en les écoutant j'entendais mes tempes battre. Je n'avais préparé que des reproches, et, à mesure qu'il m'enlevait toute raison de m'indigner, je me sentais plus désemparé, de sorte qu'à la fin de son discours je ne trouvais plus rien à lui dire.

— Allons nous coucher, fis-je enfin, après un assez long silence. Je m'étais levé et lui posai la main sur l'épaule. « Demain je te dirai ce que je pense de tout cela. »

— Dites-moi du moins que vous n'êtes plus irrité contre moi.

— J'ai besoin de la nuit pour réfléchir.

Quand je retrouvai Jacques le lendemain, il me sembla vraiment que je le regardais pour la première fois. Il m'apparut tout à coup que mon fils n'était plus un enfant, mais un jeune homme ; tant que je le considérais comme un enfant, cet amour que j'avais surpris pouvait me sembler monstrueux. J'avais passé la nuit à me persuader qu'il était tout naturel et normal au contraire. D'où venait que mon insatisfaction n'en était que plus vive ? C'est ce qui ne devait s'éclairer pour moi qu'un peu plus tard. En attendant je devais parler à Jacques et lui signifier ma décision. Or un instinct aussi sûr que celui de la cons-

cience m'avertissait qu'il fallait empê-
cher ce mariage à tout prix.

J'avais entraîné Jacques dans le fond
du jardin ; c'est là que je lui demandai
d'abord :

— T'es-tu déclaré à Gertrude ?

— Non, me dit-il. Peut-être sent-elle
déjà mon amour ; mais je ne le lui ai
point avoué.

— Eh bien ! tu vas me faire la pro-
messe de ne pas lui en parler encore.

— Mon père, je me suis promis de
vous obéir ; mais ne puis-je connaître
vos raisons ?

J'hésitais à lui en donner, ne sachant
trop si celles qui me venaient d'abord
à l'esprit étaient celles mêmes qu'il
importait le plus de mettre en avant. A
dire vrai la conscience bien plutôt que
la raison dictait ici ma conduite.

— Gertrude est trop jeune, dis-je enfin. Songe qu'elle n'a pas encore communié. Tu sais que ce n'est pas une
enfant comme les autres, hélas ! et que
son développement a été beaucoup
retardé. Elle ne serait sans doute que

trop sensible, confiante comme elle est, aux premières paroles d'amour qu'elle entendrait ; c'est précisément pourquoi il importe de ne pas les lui dire. S'emparer de ce qui ne peut se défendre, c'est une lâcheté ; je sais que tu n'es pas un lâche. Tes sentiments, dis-tu, n'ont rien de répréhensible ; moi je les dis coupables parce qu'ils sont prématurés. La prudence que Gertrude n'a pas encore, c'est à nous de l'avoir pour elle. C'est une affaire de conscience.

Jacques a ceci d'excellent, qu'il suffit, pour le retenir, de ces simples mots : « Je fais appel à ta conscience » dont j'ai souvent usé lorsqu'il était enfant. Cependant je le regardais et pensais que, si elle pouvait y voir, Gertrude ne laisserait pas d'admirer ce grand corps svelte, à la fois si droit et si souple, ce beau front sans rides, ce regard franc, ce visage enfantin encore, mais que semblait ombrer une soudaine gravité. Il était nu-tête et ses cheveux cendrés, qu'il portait alors assez longs, bouclaient légèrement à ses tempes et cachaient ses oreilles à demi.

— Il y a ceci que je veux te demander encore, repris-je en me levant du banc où nous étions assis : tu avais l'intention, disais-tu, de partir après-demain ; je te prie de ne pas différer ce départ. Tu devais rester absent tout un mois ; je te prie de ne pas raccourcir d'un jour ce voyage. C'est entendu ?

— Bien, mon père, je vous obéirai.

Il me parut qu'il devenait extrêmement pâle, au point que ses lèvres mêmes étaient décolorées. Mais je me persuadai que, pour une soumission si prompte, son amour ne devait pas être bien fort ; et j'en éprouvai un soulagement indicible. Au surplus, j'étais sensible à sa docilité.

— Je retrouve l'enfant que j'aimais, lui dis-je doucement, et, le tirant à moi, je posai mes lèvres sur son front. Il y eut de sa part un léger recul ; mais je ne voulus pas m'en affecter.

10 mars.

Notre maison est si petite que nous sommes obligés de vivre un peu les uns sur les autres, ce qui est assez gênant parfois pour mon travail, bien que j'aie réservé au premier une petite pièce où je puisse me retirer et recevoir mes visites ; gênant surtout lorsque je veux parler à l'un des miens en particulier, sans pourtant donner à l'entretien une allure trop solennelle comme il adviendrait dans cette sorte de parloir que les enfants appellent en plaisantant : le Lieu saint, où il leur est défendu d'entrer ; mais ce même matin Jacques était parti pour Neuchâtel, où il devait acheter ses chaussures d'excursionniste, et, comme il faisait très beau, les enfants, après déjeuner, sortirent avec Gertrude, que tout à la fois ils conduisent et qui les conduit. (J'ai plaisir à remarquer ici que Charlotte est particulièrement attentionnée avec elle.) Je me trouvai donc tout naturellement seul avec Amélie à l'heure du thé, que nous prenons toujours dans la salle commune. C'était ce que je désirais, car il me tardait de lui parler. Il m'arrive si rarement d'être en tête à tête avec elle que je me sentais comme timide, et l'importance de ce que j'avais à lui dire me troublait, comme s'il se fût agi, non des aveux de Jacques, mais des miens propres. J'éprouvais aussi, devant que de parler, à quel point deux êtres, vivant somme toute de la même vie, et qui s'aiment, peuvent rester (ou devenir) l'un pour l'autre énigmatiques et emmurés ; les paroles, dans ce cas, soit celles que nous adressons à l'autre, soit celles que l'autre nous adresse, sonnent plaintivement comme des coups de sonde pour nous avertir de la résistance de cette cloison séparatrice et qui, si l'on n'y veille, risque d'aller s'épaississant...

— Jacques m'a parlé hier soir et ce matin, commençai-je, tandis qu'elle versait le thé ; et ma voix était aussi tremblante que celle de Jacques hier était assurée. Il m'a parlé de son amour pour Gertrude.

— Il a bien fait de t'en parler, dit-elle sans me regarder et en continuant son travail de ménagère, comme si je lui annonçais une chose toute naturelle, ou plutôt comme si je ne lui apprenais rien.

— Il m'a dit son désir de l'épouser ; sa résolution...

— C'était à prévoir, murmura-t-elle en haussant légèrement les épaules.

— Alors tu t'en doutais ? fis-je un peu nerveusement.

— On voyait venir cela depuis longtemps. Mais c'est un genre de choses

que les hommes ne savent pas remarquer.

Comme il n'eût servi à rien de protester, et que du reste il y avait peut-
être un peu de vrai dans sa repartie,
j'objectai simplement :

— Dans ce cas, tu aurais bien pu
m'avertir.

Elle eut ce sourire un peu crispé du
coin de la lèvre, par quoi elle accom-
pagne parfois et protège ses réticen-
ces, et en hochant la tête obliquement :

— S'il fallait que je t'avertisse de tout
ce que tu ne sais pas remarquer !

Que signifiait cette insinuation ?
C'est ce que je ne savais, ni ne voulais
chercher à savoir, et passant outre :

— Enfin, je voulais entendre ce que
toi tu penses de cela.

Elle soupira, puis :

— Tu sais, mon ami, que je n'ai
jamais approuvé la présence de cette
enfant parmi nous.

J'avais du mal à ne pas m'irriter en la
voyant revenir ainsi sur le passé.

— Il ne s'agit pas de la présence de

Gertrude, repris-je ; mais Amélie continuait déjà :

— J'ai toujours pensé qu'il n'en pourrait rien résulter que de fâcheux.

Par grand désir de conciliation, je saisis au bond la phrase :

— Alors tu considères comme fâcheux un tel mariage. Eh bien ! c'est ce que je voulais t'entendre dire ; heureux que nous soyons du même avis. J'ajoutai que du reste Jacques s'était docilement soumis aux raisons que je lui avais données, de sorte qu'elle n'avait plus à s'inquiéter : qu'il était convenu qu'il partirait demain pour ce voyage qui devrait durer tout un mois.

— Comme je ne me soucie pas plus que toi qu'il retrouve Gertrude ici à son retour, dis-je enfin, j'ai pensé que le mieux serait de la confier à Mlle de la M... chez qui je pourrai continuer de la voir ; car je ne me dissimule pas que j'ai contracté de véritables obligations envers elle. J'ai tantôt été pressentir la nouvelle hôtesse, qui ne demande qu'à nous obliger. Ainsi tu seras délivrée d'une présence qui t'est pénible. Louise de la M... s'occupera de Gertrude ; elle se montre enchantée de l'arrangement ; elle se réjouit déjà de lui donner des leçons d'harmonie.

Amélie semblait décidée à demeurer silencieuse, je repris :

— Comme il faut éviter que Jacques n'aille retrouver Gertrude là-bas en dehors de nous, je crois qu'il sera bon d'avertir Mlle de la M... de la situation, ne penses-tu pas ?

Je tâchais par cette interrogation d'obtenir un mot d'Amélie ; mais elle gardait les lèvres serrées, comme s'étant juré de ne rien dire. Et je continuai, non qu'il me restât rien à ajouter, mais parce que je ne pouvais supporter son silence.

— Au reste, Jacques reviendra de ce voyage peut-être déjà guéri de son amour. A son âge, est-ce qu'on connaît seulement ses désirs ?

— Oh ! même plus tard on ne les

connaît pas toujours, fit-elle enfin bizarrement.

Son ton énigmatique et sentencieux m'irritait, car je suis de naturel trop franc pour m'accommoder aisément du mystère. Me tournant vers elle, je la priai d'expliquer ce qu'elle sous-entendait par là.

— Rien, mon ami, reprit-elle tristement. Je songeais seulement que tantôt tu souhaitais qu'on t'avertisse de ce que tu ne remarquais pas.

— Et alors ?

— Et alors je me disais qu'il n'est pas aisé d'avertir.

J'ai dit que j'avais horreur du mystère et, par principe, je me refuse aux sous-entendus.

— Quand tu voudras que je te comprenne, tu tâcheras de t'exprimer plus clairement, repartis-je d'une manière peut-être un peu brutale, et que je regrettai tout aussitôt ; car je vis un instant ses lèvres trembler. Elle détourna la tête puis, se levant, fit quelques

86

pas hésitants et comme chancelants dans la pièce.

— Mais enfin, Amélie, m'écriai-je, pourquoi continues-tu à te désoler, à présent que tout est réparé ?

Je sentais que mon regard la gênait, et c'est le dos tourné, m'accoudant à la table et la tête appuyée contre la main, que je lui dis :

— Je t'ai parlé durement tout à l'heure. Pardon.

Alors je l'entendis s'approcher de moi, puis je sentis ses doigts se poser doucement sur mon front, tandis qu'elle disait d'une voix tendre et pleine de larmes :

— Mon pauvre ami !

Puis aussitôt elle quitta la pièce.

Les phrases d'Amélie, qui me paraissaient alors mystérieuses, s'éclairèrent pour moi peu ensuite ; je les ai rapportées telles qu'elles m'apparurent d'abord ; et ce jour-là je compris seulement qu'il était temps que Gertrude partît.

12 mars.

Je m'étais imposé ce devoir de consacrer quotidiennement un peu de temps à Gertrude ; c'était, suivant les occupations de chaque jour, quelques heures ou quelques instants. Le lendemain du jour où j'avais eu cette conversation avec Amélie, je me trouvais assez libre, et, le beau temps y invitant, j'entraînai Gertrude à travers la forêt, jusqu'à ce repli du Jura où, à travers le rideau des branches et par-delà l'immense pays dominé, le regard, quand le temps est clair, par-dessus une brume légère, découvre l'émerveillement des Alpes blanches. Le soleil déclinait déjà sur notre gauche quand nous parvînmes à l'endroit où nous avions coutume de nous asseoir. Une prairie à l'herbe à la fois rase et drue dévalait à nos pieds ; plus loin pâturaient quelques vaches ; chacune d'elles, dans ces troupeaux de montagne, porte une cloche au cou.

— Elles dessinent le paysage, disait Gertrude en écoutant leur tintement.

Elle me demanda, comme à chaque promenade, de lui décrire l'endroit où nous nous arrêtions.

— Mais, lui dis-je, tu le connais déjà ; c'est l'orée d'où l'on voit les Alpes.

— Est-ce qu'on les voit bien aujourd'hui ?

— On voit leur splendeur tout entière.

— Vous m'avez dit qu'elles étaient chaque jour un peu différentes.

— A quoi les comparerai-je aujourd'hui ? A la soif d'un plein jour d'été. Avant ce soir elles auront achevé de se dissoudre dans l'air.

— Je voudrais que vous me disiez s'il y a des lis dans la grande prairie devant nous ?

— Non, Gertrude ; les lis ne croissent pas sur ces hauteurs ; ou seulement quelques espèces rares.

— Pas ceux que l'on appelle les lis des champs ?

— Il n'y a pas de lis dans les champs.

— Même pas dans les champs des environs de Neuchâtel ?

— Il n'y a pas de lis des champs.

— Alors pourquoi le Seigneur nous dit-il : « Regardez les lis des champs » ?

— Il y en avait sans doute de son temps, pour qu'il le dise ; mais les cultures des hommes les ont fait disparaître.

— Je me rappelle que vous m'avez dit souvent que le plus grand besoin de cette terre est de confiance et d'amour. Ne pensez-vous pas qu'avec un peu plus de confiance l'homme recommencerait de les voir ? Moi, quand j'écoute cette parole, je vous assure que je les vois. Je vais vous les décrire, voulez-vous ? — On dirait des cloches de flammes, de grandes cloches d'azur, emplies du parfum de

l'amour et que balance le vent du soir.
Pourquoi me dites-vous qu'il n'y en a
pas, là devant nous ? Je les sens ! J'en
vois la prairie tout emplie.

— Ils ne sont pas plus beaux que tu
les vois, ma Gertrude.

— Dites qu'ils ne sont pas moins
beaux.

— Ils sont aussi beaux que tu les vois.

— « Et je vous dis en vérité que
Salomon même, dans toute sa gloire,
n'était pas vêtu comme l'un d'eux »,
dit-elle, citant les paroles du Christ, et
d'entendre sa voix si mélodieuse, il me
sembla que j'écoutais ces mots pour la
première fois. « Dans toute sa gloire »,
répéta-t-elle pensivement, puis elle de-
meura quelque temps silencieuse, et je
repris :

— Je te l'ai dit, Gertrude : ceux qui
ont des yeux sont ceux qui ne savent
pas regarder. Et du fond de mon cœur
j'entendais s'élever cette prière : « Je
te rends grâces, ô Dieu, de révéler aux
humbles ce que tu caches aux intel-
ligents ! »

— Si vous saviez, s'écria-t-elle alors dans une exaltation enjouée, si vous pouviez savoir combien j'imagine aisément tout cela. Tenez ! Voulez-vous que je vous décrive le paysage ?... Il y a derrière nous, au-dessus et autour de nous, les grands sapins, au goût de résine, au tronc grenat, aux longues sombres branches horizontales qui se plaignent lorsque veut les courber le vent. A nos pieds, comme un livre ouvert, incliné sur le pupitre de la montagne, la grande prairie verte et diaprée, que bleuit l'ombre, que dore le soleil, et dont les mots distincts sont des fleurs — des gentianes, des pulsatilles, des renoncules, et les beaux lis de Salomon — que les vaches viennent épeler avec leurs cloches, et où les anges viennent lire, puisque vous dites que les yeux des hommes sont clos. Au bas du livre, je vois un grand fleuve de lait fumeux, brumeux, couvrant tout un abîme de mystère, un fleuve immense, sans autre rive que, là-bas, tout au loin devant nous, les belles Alpes éblouissantes... C'est là-bas que doit aller Jacques. Dites : est-ce vrai qu'il part demain ?

— Il doit partir demain. Il te l'a dit ?

— Il ne me l'a pas dit ; mais je l'ai compris. Il doit rester longtemps absent ?

— Un mois... Gertrude, je voulais te demander... Pourquoi ne m'as-tu pas raconté qu'il venait te retrouver à l'église ?

— Il est venu m'y retrouver deux fois. Oh ! je ne veux rien vous cacher ! mais je craignais de vous faire de la peine.

— Tu m'en ferais en ne le disant pas.

Sa main chercha la mienne.

— Il était triste de partir.

— Dis-moi, Gertrude... t'a-t-il dit qu'il t'aimait ?

— Il ne me l'a pas dit ; mais je sens bien cela sans qu'on le dise. Il ne m'aime pas tant que vous.

— Et toi, Gertrude, tu souffres de le voir partir ?

— Je pense qu'il vaut mieux qu'il parte. Je ne pourrais pas lui répondre.

— Mais, dis : tu souffres, toi, de le voir partir ?

— Vous savez bien que c'est vous que j'aime, pasteur... Oh ! pourquoi retirez-vous votre main ? Je ne vous parlerais pas ainsi si vous n'étiez pas marié. Mais on n'épouse pas une aveugle. Alors pourquoi ne pourrions-nous pas nous aimer ? Dites, pasteur, est-ce que vous trouvez que c'est mal ?

— Le mal n'est jamais dans l'amour.

— Je ne sens rien que de bon dans mon cœur. Je ne voudrais pas faire souffrir Jacques. Je voudrais ne faire souffrir personne... Je voudrais ne donner que du bonheur.

— Jacques pensait à demander ta main.

— Me laisserez-vous lui parler avant son départ ? Je voudrais lui faire comprendre qu'il doit renoncer à m'aimer. Pasteur, vous comprenez, n'est-ce pas, que je ne peux épouser personne ?

94

Vous me laisserez lui parler, n'est-ce pas ?

— Dès ce soir.

— Non, demain, au moment même de son départ...

Le soleil se couchait dans une splendeur exaltée. L'air était tiède. Nous nous étions levés et tout en parlant nous avions repris le sombre chemin du retour.

Deuxième cahier

25 avril.

J'ai dû laisser quelque temps ce cahier.

La neige avait enfin fondu, et sitôt que les routes furent redevenues praticables, il m'a fallu m'acquitter d'un grand nombre d'obligations que j'avais été forcé de remettre pendant le long temps que notre village était resté bloqué. Hier seulement, j'ai pu retrouver quelques instants de loisir.

La nuit dernière j'ai relu tout ce que j'avais écrit ici...

Aujourd'hui que j'ose appeler par son nom le sentiment si longtemps inavoué de mon cœur, je m'explique à peine comment j'ai pu jusqu'à présent m'y méprendre ; comment certaines paroles d'Amélie, que j'ai rapportées, ont pu me paraître mystérieuses ; comment, après les naïves déclarations de Gertrude, j'ai pu douter encore si je l'aimais. C'est que, tout à la fois, je ne consentais point alors à reconnaître d'amour permis en dehors du mariage, et que, dans le sentiment qui me penchait si passionnément vers Gertrude, je ne consentais pas à reconnaître quoi que ce soit de défendu.

La naïveté de ses aveux, leur franchise même, me rassurait. Je me disais : c'est une enfant. Un véritable amour n'irait pas sans confusion, ni rougeurs. Et de mon côté je me persuadais que je l'aimais comme on aime un enfant infirme. Je la soignais comme on soigne un malade, — et d'un entraînement j'avais fait une obligation morale, un devoir. Oui, vraiment, ce soir même où elle me parlait comme j'ai rapporté, je me sentais l'âme si légère et si joyeuse que je me méprenais encore, et encore en transcrivant ces propos. Et parce que j'eusse cru répréhensible l'amour, et que j'estimais que tout ce qui est répréhensible courbe l'âme, ne me sentant point l'âme chargée je ne croyais pas à l'amour.

J'ai rapporté ces conversations non seulement telles qu'elles ont eu lieu, mais encore les ai-je transcrites dans une disposition d'esprit toute pareille ; à vrai dire ce n'est qu'en les relisant cette nuit-ci que j'ai compris...

Sitôt après le départ de Jacques — auquel j'avais laissé Gertrude parler, et qui ne revint que pour les derniers jours de vacances, affectant ou de fuir Gertrude ou de ne lui parler plus que devant moi — notre vie avait repris son cours très calme. Gertrude, ainsi qu'il était convenu, avait été loger chez Mlle Louise, où j'allais la voir chaque jour. Mais, par peur de l'amour encore, j'affectais de ne plus parler avec elle de rien qui nous pût émouvoir. Je ne lui parlais plus qu'en pasteur, et le plus souvent en présence de Louise, m'occupant surtout de son instruction religieuse et la préparant à la communion qu'elle vient de faire à Pâques.

Le jour de Pâques, j'ai, moi aussi, communié.

Il y a de cela quinze jours. A ma surprise, Jacques, qui venait passer une semaine de vacances près de nous, ne m'a pas accompagné auprès de la Table Sainte. Et j'ai le grand regret de devoir dire qu'Amélie, pour la première fois depuis notre mariage, s'est également abstenue. Il semblait qu'ils se fussent tous deux donné le mot et eussent résolu, par leur défection à ce rendez-vous solennel, de jeter l'ombre sur ma joie. Ici encore, je me félicitai que Gertrude ne pût y voir, de sorte que je fusse seul à supporter le poids de cette ombre. Je connais trop bien Amélie pour n'avoir pas su voir tout ce qu'il entrait de reproche indirect dans sa conduite. Il ne lui arrive jamais de me désapprouver ouvertement, mais elle tient à me marquer son désaveu par une sorte d'isolement.

Je m'affectai profondément de ce qu'un grief de cet ordre — je veux dire : tel que je répugne à le considérer — pût incliner l'âme d'Amélie au point de la détourner de ses intérêts supérieurs. Et de retour à la maison je priai pour elle dans toute la sincérité de mon cœur.

Quant à l'abstention de Jacques, elle était due à de tout autres motifs et qu'une conversation, que j'eus avec lui peu de temps après, vint éclairer.

3 mai.

L'instruction religieuse de Gertrude
m'a amené à relire l'Évangile avec un
œil neuf. Il m'apparaît de plus en plus
que nombre des notions dont se
compose notre foi chrétienne relèvent
non des paroles du Christ mais des
commentaires de saint Paul.

Ce fut proprement le sujet de la
discussion que je viens d'avoir avec
Jacques. De tempérament un peu sec,
son cœur ne fournit pas à sa pensée un
aliment suffisant ; il devient tradition-
naliste et dogmatique. Il me reproche
de choisir dans la doctrine chrétienne
« ce qui me plaît ». Mais je ne choisis

pas telle ou telle parole du Christ. Simplement entre le Christ et saint Paul, je choisis le Christ. Par crainte d'avoir à les opposer, lui se refuse à dissocier l'un de l'autre, se refuse à sentir de l'un à l'autre une différence d'inspiration, et proteste si je lui dis qu'ici j'écoute un homme tandis que là j'entends Dieu. Plus il raisonne, plus il me persuade de ceci : qu'il n'est point sensible à l'accent uniquement divin de la moindre parole du Christ.

Je cherche à travers l'Évangile, je cherche en vain commandement, menace, défense... Tout cela n'est que de saint Paul. Et c'est précisément de ne le trouver point dans les paroles du Christ, qui gêne Jacques. Les âmes semblables à la sienne se croient perdues, dès qu'elles ne sentent plus auprès d'elles tuteurs, rampes et garde-fous. De plus elles tolèrent mal chez autrui une liberté qu'elles résignent, et souhaitent d'obtenir par contrainte tout ce qu'on est prêt à leur accorder par amour.

— Mais, mon père, me dit-il, moi aussi je souhaite le bonheur des âmes.

— Non, mon ami ; tu souhaites leur soumission.

— C'est dans la soumission qu'est le bonheur.

Je lui laisse le dernier mot parce qu'il me déplaît d'ergoter ; mais je sais bien que l'on compromet le bonheur en cherchant à l'obtenir par ce qui doit au contraire n'être que l'effet du bonheur — et que s'il est vrai de penser que l'âme aimante se réjouit de sa soumission volontaire, rien n'écarte plus du bonheur qu'une soumission sans amour.

Au demeurant, Jacques raisonne bien, et si je ne souffrais de rencontrer, dans un si jeune esprit, déjà tant de raideur doctrinale, j'admirerais sans doute la qualité de ses arguments et la constance de sa logique. Il me paraît souvent que je suis plus jeune que lui ; plus jeune aujourd'hui que je n'étais hier, et je me redis cette parole: « Si vous ne devenez semblables à des petits enfants, vous ne sauriez entrer dans le Royaume. »

Est-ce trahir le Christ, est-ce diminuer, profaner l'Évangile que d'y voir surtout une *méthode pour arriver à la vie bienheureuse* ? L'état de joie, qu'empêchent notre doute et la dureté de nos cœurs, pour le chrétien est un état obligatoire. Chaque être est plus ou moins capable de joie. Chaque être doit tendre à la joie. Le seul sourire de Gertrude m'en apprend plus là-dessus que mes leçons ne lui enseignent.

Et cette parole du Christ s'est dressée lumineusement devant moi. « Si vous étiez aveugles, vous n'auriez point de péché. » Le péché, c'est ce qui obscurcit l'âme, c'est ce qui s'oppose à sa joie. Le parfait bonheur de Gertrude, qui rayonne de tout son être, vient de ce qu'elle ne connaît point le péché. Il n'y a en elle que de la clarté, de l'amour.

J'ai mis entre ses mains vigilantes les quatre évangiles, les psaumes, l'apocalypse et les trois épîtres de Jean où elle peut lire : « Dieu est lumière et il n'y a point en lui de ténèbres » comme déjà dans son évangile elle pouvait entendre le Sauveur dire : « Je suis la lumière du monde ; celui qui est avec moi ne marchera pas dans les ténèbres. » Je me refuse à lui donner les épîtres de Paul, car si, aveugle, elle ne connaît point le péché, que sert de l'inquiéter en la laissant lire : « Le péché a pris de nouvelles forces par le commandement » (Romains, VII, 13) et toute la dialectique qui suit, si admirable soit-elle ?

8 mai.

Le docteur Martins est venu hier de La Chaux-de-Fonds. Il a longuement examiné les yeux de Gertrude à l'ophtalmoscope. Il m'a dit avoir parlé de Gertrude au docteur Roux, le spécialiste de Lausanne, à qui il doit faire part de ses observations. Leur idée à tous deux c'est que Gertrude serait opérable. Mais nous avons convenu de ne lui parler de rien tant qu'il n'y aurait pas plus de certitude. Martins doit venir me renseigner après consultation. Que servirait d'éveiller en Gertrude un espoir qu'on risque de devoir éteindre aussitôt ? — Au surplus, n'est-elle pas heureuse ainsi ?...

A Pâques, Jacques et Gertrude se
sont revus, en ma présence — du
moins Jacques a revu Gertrude et lui a
parlé, mais rien que de choses insigni-
fiantes. Il s'est montré moins ému que
je n'aurais pu craindre, et je me persuade à nouveau que, vraiment ardent,
son amour n'aurait pas été si facile à
réduire, malgré que Gertrude lui ait
déclaré, avant son départ l'an passé,
que cet amour devait demeurer sans
espoir. J'ai constaté qu'il voussoie Gertrude à présent, ce qui est certainement préférable ; je ne le lui avais
pourtant pas demandé, de sorte que je

suis heureux qu'il ait compris cela de lui-même. Il y a incontestablement beaucoup de bon en lui.

Je soupçonne néanmoins que cette soumission de Jacques n'a pas été sans débats et sans luttes. Le fâcheux, c'est que la contrainte qu'il a dû imposer à son cœur à présent lui paraît bonne en elle-même ; il la souhaiterait voir imposer à tous ; je l'ai senti dans cette discussion que je viens d'avoir avec lui et que j'ai rapportée plus haut. N'est-ce pas La Rochefoucauld qui disait que l'esprit est souvent la dupe du cœur ? Il va sans dire que je n'osai le faire remarquer à Jacques aussitôt, connaissant son humeur et le tenant pour un de ceux que la discussion ne fait qu'obstiner dans son sens ; mais le soir même, ayant retrouvé, et dans saint Paul précisément (je ne pouvais le battre qu'avec ses armes), de quoi lui répondre, j'eus soin de laisser dans sa chambre un billet où il a pu lire : « Que celui qui ne mange pas ne juge pas celui qui mange, car Dieu a accueilli ce dernier. » (Romains, XIV, 2.)

J'aurais aussi bien pu copier la suite : « Je sais et je suis persuadé par le Seigneur Jésus que rien n'est impur en soi et qu'une chose n'est impure que pour celui qui la croit impure » — mais je n'ai pas osé, craignant que Jacques n'allât supposer, en mon esprit, à l'égard de Gertrude, quelque interprétation injurieuse, qui ne doit même pas effleurer son esprit. Évidemment il s'agit ici d'aliments ; mais à combien d'autres passages de l'Écriture n'est-on pas appelé à prêter double et triple sens ? (« Si ton œil... » ; multiplication des pains ; miracle aux noces de Cana, etc.) Il ne s'agit pas ici d'ergoter ; la signification de ce verset est large et profonde : la restriction ne doit pas être dictée par la loi, mais par l'amour, et saint Paul, aussitôt ensuite, s'écrie : « Mais si, pour un aliment, ton frère est attristé, tu ne marches pas selon l'amour. » C'est au défaut de

112

l'amour que nous attaque le Malin. Seigneur ! enlevez de mon cœur tout ce qui n'appartient pas à l'amour... Car j'eus tort de provoquer Jacques : le lendemain je trouvai sur ma table le billet même où j'avais copié le verset : sur le dos de la feuille, Jacques avait simplement transcrit cet autre verset du même chapitre : « Ne cause point par ton aliment la perte de celui pour lequel Christ est mort. » (Romains, XIV, 15.)

Je relis encore une fois tout le chapitre. C'est le départ d'une discussion infinie. Et je tourmenterais de ces perplexités, j'assombrirais de ces nuées, le ciel lumineux de Gertrude ? — Ne suis-je pas plus près du Christ et ne l'y maintiens-je point elle-même, lorsque je lui enseigne et la laisse croire que le seul péché est ce qui attente au bonheur d'autrui, ou compromet notre propre bonheur ?

Hélas ! certaines âmes demeurent particulièrement réfractaires au bonheur ; inaptes, maladroites... Je songe à ma pauvre Amélie. Je l'y invite sans cesse, l'y pousse et voudrais l'y contraindre. Oui, je voudrais soulever chacun jusqu'à Dieu. Mais elle se dérobe sans cesse, se referme comme certaines fleurs que n'épanouit aucun soleil. Tout ce qu'elle voit l'inquiète et l'afflige.

— Que veux-tu, mon ami, m'a-t-elle répondu l'autre jour, il ne m'a pas été donné d'être aveugle.

Ah ! que son ironie m'est douloureuse, et quelle vertu me faut-il pour ne point m'en laisser troubler ! Elle devrait comprendre pourtant, il me semble, que cette allusion à l'infirmité de Gertrude est de nature à particulièrement me blesser. Elle me fait sentir, du reste, que ce que j'admire surtout en Gertrude, c'est sa mansuétude infinie : je ne l'ai jamais entendue formuler le moindre grief contre autrui. Il est vrai que je ne lui laisse rien connaître de ce qui pourrait la blesser.

Et de même que l'âme heureuse, par l'irradiation de l'amour, propage le bonheur autour d'elle, tout se fait à l'entour d'Amélie sombre et morose. Amiel écrirait que son âme émet des rayons noirs. Lorsque après une journée de lutte, visites aux pauvres, aux malades, aux affligés, je rentre à la nuit tombée, harassé parfois, le cœur plein d'un exigeant besoin de repos, d'affection, de chaleur, je ne trouve le plus souvent à mon foyer que soucis, récriminations, tiraillements, à quoi mille fois je préférerais le froid, le vent et la pluie du dehors. Je sais bien que notre vieille Rosalie prétend n'en faire jamais qu'à sa tête ; mais elle n'a pas toujours tort, ni surtout Amélie toujours raison quand elle prétend la faire céder. Je sais bien que Charlotte et Gaspard sont horriblement turbulents ; mais Amélie n'obtiendrait-elle point davantage en criant un peu moins fort et moins constamment après eux ? Tant de recommandations, d'admonestations, de réprimandes perdent tout leur tranchant, à l'égal des galets des plages ; les enfants en sont beaucoup moins dérangés que moi. Je sais bien que le petit Claude fait ses dents (c'est du moins ce que soutient sa mère chaque fois qu'il commence à hurler), mais n'est-ce pas l'inviter à hurler que d'accourir aussitôt, elle ou Sarah, et de le dorloter sans cesse ? Je demeure persuadé qu'il hurlerait moins souvent si on le laissait, quelques bonnes fois, hurler tout son soûl quand je ne suis point là. Mais je sais bien que c'est surtout alors qu'elles s'empressent.

Sarah ressemble à sa mère, ce qui fait que j'aurais voulu la mettre en pension. Elle ressemble non point, hélas ! à ce que sa mère était à son âge, quand nous nous sommes fiancés, mais bien à ce que l'ont fait devenir les soucis de la vie matérielle, et j'allais dire la culture des soucis de la vie (car certainement Amélie les cultive). Certes j'ai bien du mal à reconnaître en elle aujourd'hui l'ange qui souriait naguère à chaque noble élan de mon cœur, que je rêvais d'associer indistinctement à ma vie, et qui me paraissait me précéder et me guider vers la lumière... ou l'amour en ce temps-là me blousait-il ?... Car je ne découvre en Sarah d'autres préoccupations que vulgaires ; à l'instar de sa mère elle se laisse affairer uniquement par des soucis mesquins ; les traits mêmes de son visage, que ne spiritualise aucune flamme intérieure, sont mornes et comme durcis. Aucun goût pour la poésie, ni plus généralement pour la lecture ; je ne surprends jamais, entre elle et sa mère, de conversation à quoi je puisse souhaiter prendre part, et je sens mon isolement plus douloureusement encore auprès d'elles que lorsque je me retire dans mon bureau, ainsi que je prends coutume de faire de plus en plus souvent.

J'ai pris aussi cette habitude, depuis l'automne et encouragé par la rapide tombée de la nuit, d'aller chaque fois que me le permettent mes tournées, c'est-à-dire quand je peux rentrer assez tôt, prendre le thé chez Mlle de la M... Je n'ai point dit encore que, depuis le mois de novembre dernier, Louise de la M... hospitalise avec Gertrude trois petites aveugles que Martins a proposé de lui confier ; à qui Gertrude à son tour apprend à lire et à exécuter divers menus travaux, où déjà ces fillettes se montrent assez habiles.

Quel repos, quel réconfort pour moi, chaque fois que je rentre dans la chaude atmosphère de *La Grange*, et combien il me prive si parfois il me faut rester deux ou trois jours sans y aller. Mlle de la M... est à même, il va sans dire, d'héberger Gertrude et ses trois petites pensionnaires, sans avoir à se gêner ou à se tourmenter pour leur entretien ; trois servantes l'aident avec un grand dévouement et lui épargnent toute fatigue. Mais peut-on dire que jamais fortune et loisirs furent mieux mérités ? De tout temps Louise de la M... s'est beaucoup occupée des pauvres ; c'est une âme profondément religieuse, qui semble ne faire que se prêter à cette terre et n'y vivre que pour aimer ; malgré ses cheveux presque tout argentés déjà qu'encadre un bonnet de guipure, rien de plus enfantin que son sourire, rien de plus harmonieux que son geste, de plus musical que sa voix. Gertrude a pris ses manières, sa façon de parler, une sorte d'intonation, non point seulement de la voix, mais de la pensée, de tout l'être — ressemblance dont je plaisante l'une et l'autre, mais dont aucune des deux ne consent à s'apercevoir. Qu'il m'est doux, si j'ai le temps de m'attarder un peu près d'elles, de les voir, assises l'une auprès de l'autre et Gertrude soit appuyant son front sur l'épaule de son amie, soit abandonnant une de ses mains dans les siennes, m'écouter lire quelques vers de Lamartine ou de Hugo ; qu'il m'est doux de contempler dans leurs deux âmes limpides le reflet de cette poésie ! Même les petites élèves n'y demeurent pas insensibles. Ces enfants, dans cette atmosphère de paix et d'amour, se développent étrangement et font de remarquables progrès. J'ai souri d'abord lorsque Mlle Louise a parlé de leur apprendre à danser, par hygiène autant que par plaisir ; mais j'admire aujourd'hui la grâce rythmée des mouvements qu'elles arrivent à faire et qu'elles ne sont pas, hélas ! capables elles-mêmes d'apprécier. Pourtant Louise de la M... me persuade que, de ces mouvements qu'elles ne peuvent voir, elles perçoivent musculairement l'harmonie. Gertrude s'associe à ces danses avec une grâce et une bonne grâce charmantes, et du reste y prend l'amusement le plus vif. Ou parfois c'est Louise de la M... qui se mêle au jeu des petites, et Gertrude s'assied alors au piano. Ses progrès en musique ont été surprenants ; maintenant elle tient l'orgue de la chapelle chaque dimanche et prélude au chant des cantiques par de courtes improvisations.

Chaque dimanche, elle vient déjeuner chez nous ; mes enfants la revoient avec plaisir, malgré que leurs goûts et les siens diffèrent de plus en plus. Amélie ne marque pas trop de nervosité et le repas s'achève sans accroc. Toute la famille ensuite ramène Gertrude et prend le goûter à *La Grange*. C'est une fête pour mes enfants que Louise prend plaisir à gâter et comble de friandises. Amélie elle-même, qui ne laisse pas d'être sensible aux prévenances, se déride enfin et paraît toute rajeunie. Je crois qu'elle se passerait désormais malaisément de cette halte dans le train fastidieux de sa vie.

18 mai.

A présent que les beaux jours reviennent, j'ai de nouveau pu sortir avec Gertrude, ce qui ne m'était pas arrivé depuis longtemps (car dernièrement encore il y a eu de nouvelles chutes de neige et les routes sont demeurées jusqu'à ces derniers jours dans un état épouvantable), non plus qu'il ne m'était arrivé depuis longtemps de me retrouver seul avec elle.

Nous marchions vite ; l'air vif colorait ses joues et ramenait sans cesse sur son visage ses cheveux blonds. Comme nous longions une tourbière je cueillis quelques joncs en fleurs, dont je glissai les tiges sous son béret, puis que je tressai avec ses cheveux pour les maintenir.

Nous ne nous étions encore presque pas parlé, tout étonnés de nous retrouver seuls ensemble, lorsque Gertrude, tournant vers moi sa face sans regards, me demanda brusquement :

— Croyez-vous que Jacques m'aime encore ?

— Il a pris son parti de renoncer à toi, répondis-je aussitôt.

— Mais croyez-vous qu'il sache que vous m'aimez ? reprit-elle.

Depuis la conversation de l'été dernier que j'ai rapportée, plus de six mois s'étaient écoulés sans que (je m'en étonne) le moindre mot d'amour ait été de nouveau prononcé entre nous. Nous n'étions jamais seuls, je l'ai dit et mieux valait qu'il en fût ainsi... La question de Gertrude me fit battre le cœur si fort que je dus ralentir un peu notre marche.

— Mais tout le monde, Gertrude,

sait que je t'aime, m'écriai-je. Elle ne prit pas le change :

— Non, non ; vous ne répondez pas à ma question.

Et après un moment de silence, elle reprit, la tête baissée :

— Ma tante Amélie sait cela ; et moi je sais que cela la rend triste.

— Elle serait triste sans cela, protestai-je d'une voix mal assurée. Il est de son tempérament d'être triste.

— Oh ! vous cherchez toujours à me rassurer, dit-elle avec une sorte d'impatience. Mais je ne tiens pas à être rassurée. Il y a bien des choses, je le sais, que vous ne me faites pas connaître, par peur de m'inquiéter ou de me faire de la peine ; bien des choses que je ne sais pas, de sorte que parfois...

Sa voix devenait de plus en plus basse ; elle s'arrêta comme à bout de souffle. Et comme, reprenant ses derniers mots, je demandais :

— Que parfois ?...

— De sorte que parfois, reprit-elle tristement, tout le bonheur que je vous

124

dois me paraît reposer sur de l'ignorance.

— Mais, Gertrude...

— Non, laissez-moi vous dire : Je ne
veux pas d'un pareil bonheur. Comprenez que je ne... Je ne tiens pas à
être heureuse. Je préfère savoir. Il y a
beaucoup de choses, de tristes choses
assurément, que je ne puis pas voir,
mais que vous n'avez pas le droit de
me laisser ignorer. J'ai longtemps réfléchi durant ces mois d'hiver ; je
crains, voyez-vous, que le monde en-
tier ne soit pas si beau que vous me
l'avez fait croire, pasteur, et même
qu'il ne s'en faille de beaucoup.

— Il est vrai que l'homme a souvent
enlaidi la terre, arguai-je craintive-
ment, car l'élan de ses pensées me faisait peur et j'essayais de le détourner
tout en désespérant d'y réussir. Il semblait qu'elle attendît ces quelques
mots, car, s'en emparant aussitôt comme d'un chaînon grâce à quoi se fer-
mait la chaîne :

— Précisément, s'écria-t-elle : je voudrais être sûre de ne pas ajouter au mal.

Longtemps nous continuâmes de marcher très vite en silence. Tout ce que j'aurais pu lui dire se heurtait d'avance à ce que je sentais qu'elle pensait ; je redoutais de provoquer quelque phrase dont notre sort à tous deux dépendait. Et songeant à ce que m'avait dit Martins, que peut-être on pourrait lui rendre la vue, une grande angoisse étreignait mon cœur.

— Je voulais vous demander, reprit-elle enfin — mais je ne sais comment le dire...

Certainement, elle faisait appel à tout son courage, comme je faisais appel au mien pour l'écouter. Mais comment eussé-je pu prévoir la question qui la tourmentait :

— Est-ce que les enfants d'une aveugle naissent aveugles nécessairement ?

Je ne sais qui de nous deux cette conversation oppressait davantage ; mais à présent il nous fallait continuer.

— Non, Gertrude, lui dis-je, à moins

de cas très spéciaux. Il n'y a même aucune raison pour qu'ils le soient.

Elle parut extrêmement rassurée. J'aurais voulu lui demander à mon tour pourquoi elle me demandait cela ; je n'en eus pas le courage et continuai maladroitement.

— Mais, Gertrude, pour avoir des enfants il faut être mariée.

— Ne me dites pas cela, pasteur. Je sais que cela n'est pas vrai.

— Je t'ai dit ce qu'il était décent de te dire, protestai-je. Mais en effet les lois de la nature permettent ce qu'interdisent les lois des hommes et de Dieu.

— Vous m'avez dit souvent que les lois de Dieu étaient celles mêmes de l'amour.

— L'amour qui parle ici n'est plus celui qu'on appelle aussi : charité.

— Est-ce par charité que vous m'aimez ?

— Tu sais bien que non, ma Gertrude.

— Mais alors vous reconnaissez que

notre amour échappe aux lois de Dieu ?

— Que veux-tu dire ?

— Oh ! vous le savez bien, et ce ne devrait pas être à moi de parler.

En vain, je cherchais à biaiser ; mon cœur battait la retraite de mes arguments en déroute. Éperdument je m'écriai :

— Gertrude..., tu penses que ton amour est coupable ?

Elle rectifia :

— Que *notre* amour... Je me dis que je devrais le penser.

— Et alors ?

Je surpris comme une supplication dans ma voix, tandis que, sans reprendre haleine, elle achevait :

— Mais que je ne peux pas cesser de vous aimer.

Tout cela se passait hier. J'hésitais d'abord à l'écrire... Je ne sais plus comment s'acheva la promenade. Nous marchions à pas précipités, comme pour fuir, et je tenais son bras étroitement serré contre moi. Mon âme avait à ce point quitté mon corps — il me semblait que le moindre caillou sur la route nous eût fait tous deux rouler à terre.

19 mai.

Martins est revenu ce matin. Gertrude est opérable. Roux l'affirme et demande qu'elle lui soit confiée quelque temps. Je ne puis m'opposer à cela et, pourtant, lâchement, j'ai demandé à réfléchir. J'ai demandé qu'on me laissât la préparer doucement... Mon cœur devrait bondir de joie, mais je le sens peser en moi, lourd d'une angoisse inexprimable. A l'idée de devoir annoncer à Gertrude que la vue lui pourrait être rendue, le cœur me faut.

Nuit du 19 mai.

J'ai revu Gertrude et je ne lui ai point parlé. A *La Grange*, ce soir, comme personne n'était dans le salon, je suis monté jusqu'à sa chambre. Nous étions seuls.

Je l'ai tenue longuement pressée contre moi. Elle ne faisait pas un mouvement pour se défendre, et comme elle levait le front vers moi, nos lèvres se sont rencontrées...

21 mai.

Est-ce pour nous, Seigneur, que vous avez fait la nuit si profonde et si belle ? Est-ce pour moi ? L'air est tiède et par ma fenêtre ouverte la lune entre et j'écoute le silence immense des cieux. O confuse adoration de la création tout entière où fond mon cœur dans une extase sans paroles. Je ne peux plus prier qu'éperdument. S'il est une limitation dans l'amour, elle n'est pas de Vous, mon Dieu, mais des hommes. Pour coupable que mon amour paraisse aux yeux des hommes, oh ! dites-moi qu'aux vôtres il est saint.

Je tâche à m'élever au-dessus de

l'idée de péché ; mais le péché me semble intolérable, et je ne veux point abandonner le Christ. Non, je n'accepte pas de pécher, aimant Gertrude. Je ne puis arracher cet amour de mon cœur qu'en arrachant mon cœur même, et pourquoi ? Quand je ne l'aimerais pas déjà, je devrais l'aimer par pitié pour elle ; ne plus l'aimer, ce serait la trahir : elle a besoin de mon amour...

Seigneur, je ne sais plus... Je ne sais plus que Vous. Guidez-moi. Parfois il me paraît que je m'enfonce dans les ténèbres et que la vue qu'on va lui rendre m'est enlevée.

Gertrude est entrée hier à la clinique de Lausanne, d'où elle ne doit sortir que dans vingt jours. J'attends son retour avec une appréhension extrême. Martins doit nous la ramener. Elle m'a fait promettre de ne point chercher à la voir d'ici là.

22 mai.

Lettre de Martins : l'opération a
réussi. Dieu soit loué !

24 mai.

L'idée de devoir être vu par elle, qui jusqu'alors m'aimait sans me voir — cette idée me cause une gêne intolérable. Va-t-elle me reconnaître ? Pour la première fois de ma vie j'interroge anxieusement les miroirs. Si je sens son regard moins indulgent que n'était son cœur, et moins aimant, que deviendrai-je ? Seigneur, il m'apparaît parfois que j'ai besoin de son amour pour vous aimer.

27 mai.

Un surcroît de travail m'a permis de traverser ces derniers jours sans trop d'impatience. Chaque occupation qui peut m'arracher de moi-même est bénie ; mais tout le long du jour, à travers tout, son image me suit.

C'est demain qu'elle doit revenir. Amélie, qui durant cette semaine ne m'a montré que les meilleurs côtés de son humeur et semble avoir pris à tâche de me faire oublier l'absente, s'apprête avec les enfants à fêter son retour.

28 mai.

Gaspard et Charlotte ont été cueillir
ce qu'ils ont pu trouver de fleurs dans
les bois et dans les prairies. La vieille
Rosalie confectionne un gâteau monu-
mental que Sarah agrémente de je ne
sais quels ornements de papier doré.
Nous l'attendons pour ce midi.

J'écris pour user cette attente. Il est
onze heures. A tout moment je relève
la tête et regarde vers la route par où
la voiture de Martins doit approcher.
Je me retiens d'aller à leur rencontre :
mieux vaut, et par égard pour Amélie,
ne pas séparer mon accueil. Mon cœur
s'élance... ah ! les voici !

28 au soir.

Dans quelle abominable nuit je plonge ! Pitié, Seigneur, pitié ! Je renonce à l'aimer, mais, Vous, ne permettez pas qu'elle meure !

Que j'avais donc raison de craindre ! Qu'a-t-elle fait ? Qu'a-t-elle voulu faire ? Amélie et Sarah m'ont dit l'avoir accompagnée jusqu'à la porte de *La Grange*, où Mlle de la M... l'attendait. Elle a donc voulu ressortir... Que s'est-il passé ?

Je cherche à mettre un peu d'ordre dans mes pensées. Les récits qu'on me fait sont incompréhensibles, ou contradictoires. Tout se brouille en ma tête... Le jardinier de Mlle de la M... vient de la ramener sans connaissance à *La Grange* ; il dit l'avoir vue marcher le long de la rivière, puis franchir le pont du jardin, puis se pencher, puis disparaître ; mais n'ayant pas compris d'abord qu'elle tombait, il n'est pas accouru comme il aurait dû le faire ; il l'a retrouvée près de la petite écluse, où le courant l'avait portée. Quand je l'ai revue un peu plus tard, elle n'avait pas repris connaissance ; ou du moins l'avait reperdue, car un instant elle était revenue à elle, grâce aux soins prodigués aussitôt. Martins, qui Dieu merci n'était pas encore reparti, s'explique mal cette sorte de stupeur et d'indolence où la voici plongée ; en vain l'a-t-il interrogée ; on eût dit qu'elle n'entendait rien ou qu'elle avait résolu de se taire. Sa respiration reste très oppressée et Martins craint une congestion pulmonaire ; il a posé des sinapismes et des ventouses et promis de revenir demain. L'erreur a été de la laisser trop longtemps dans ses vêtements trempés tandis qu'on s'occupait d'abord à la ranimer ; l'eau de la rivière est glacée, Mlle de la M..., qui seule a pu obtenir d'elle quelques mots, soutient qu'elle a voulu cueillir des myosotis qui croissent en abondance de ce côté de la rivière, et que, malhabile encore à mesurer les distances, ou prenant pour de la terre ferme le flottant tapis de fleurs, elle a perdu pied brusquement... Si je pouvais le croire ! me convaincre qu'il n'y eut là qu'un accident, quel poids affreux serait levé de sur mon âme ! Durant tout le repas, si gai pourtant, l'étrange sourire, qui ne la quittait pas, m'inquiétait ; un sourire contraint que je ne lui connaissais point mais que je m'efforçais de croire celui même de son nouveau regard ; un sourire qui semblait ruisseler de ses yeux sur son visage comme des larmes, et près de quoi la vulgaire joie des autres m'offensait. Elle ne se mêlait pas à la joie ! on eût dit qu'elle avait découvert un secret que sans doute elle m'eût confié si j'eusse été seul avec elle. Elle ne disait presque rien ; mais on ne s'en étonnait pas, car près des autres, et plus ils sont exubérants, elle est souvent silencieuse.

Seigneur, je vous implore : permettez-moi de lui parler. J'ai besoin de savoir, ou sinon comment continuerais-je à vivre ?... Et pourtant, si tant est qu'elle a voulu cesser de vivre, est-ce précisément pour avoir *su* ? Su quoi ? Mon amie, qu'avez-vous donc appris d'horrible ? Que vous avais-je donc caché de mortel, que soudain vous aurez pu voir ?

J'ai passé plus de deux heures à son chevet, ne quittant pas des yeux son front, ses joues pâles, ses paupières délicates recloses sur un indicible chagrin, ses cheveux encore mouillés et pareils à des algues, étalés autour d'elle sur l'oreiller — écoutant son souffle inégal et gêné.

Mlle Louise m'a fait appeler ce matin, au moment où j'allais me rendre à *La Grange*. Après une nuit à peu près calme, Gertrude est enfin sortie de sa torpeur. Elle m'a souri lorsque je suis entré dans la chambre et m'a fait signe de venir m'asseoir à son chevet. Je n'osais pas l'interroger et sans doute craignait-elle mes questions, car elle m'a dit tout aussitôt et comme pour prévenir toute effusion :

— Comment donc appelez-vous ces petites fleurs bleues, que j'ai voulu cueillir sur la rivière — qui sont de la couleur du ciel ? Plus habile que moi, voulez-vous m'en faire un bouquet ? Je l'aurai là, près de mon lit...

L'artificiel enjouement de sa voix me faisait mal et sans doute le comprit-elle, car elle ajouta plus gravement :

— Je ne puis vous parler ce matin ; je suis trop lasse. Allez cueillir ces fleurs pour moi, voulez-vous ? Vous reviendrez tantôt.

Et comme, une heure après, je rapportais pour elle un bouquet de myosotis, Mlle Louise me dit que Gertrude reposait de nouveau et ne pourrait me recevoir avant le soir.

Ce soir, je l'ai revue. Des coussins entassés sur son lit la soutenaient et la maintenaient presque assise. Ses cheveux à présent rassemblés et tressés au-dessus de son front étaient mêlés aux myosotis que j'avais rapportés pour elle.

Elle avait certainement de la fièvre et paraissait très oppressée. Elle garda dans sa main brûlante la main que je lui tendais ; je restais debout près d'elle :

— Il faut que je vous fasse un aveu, pasteur, car ce soir j'ai peur de mourir, dit-elle. Je vous ai menti ce matin... Ce n'était pas pour cueillir des fleurs... Me pardonnerez-vous si je vous dis que j'ai voulu me tuer ?

Je tombai à genoux près de son lit, tout en gardant sa frêle main dans la mienne ; mais elle, se dégageant, commença de caresser mon front, tandis que j'enfonçais dans les draps mon visage pour lui cacher mes larmes et pour y étouffer mes sanglots.

— Est-ce que vous trouvez que c'est très mal ? reprit-elle alors tendrement ; puis comme je ne répondais rien :

— Mon ami, mon ami, vous voyez bien que je tiens trop de place dans votre cœur et votre vie. Quand je suis revenue près de vous, c'est ce qui m'est apparu tout de suite ; ou du moins que la place que j'occupais était celle d'une autre et qui s'en attristait. Mon crime est de ne pas l'avoir senti plus tôt ; ou du moins — car je le savais bien déjà — de vous avoir laissé m'aimer quand même. Mais lorsque m'est apparu tout à coup son visage, lorsque j'ai vu sur son pauvre visage tant de tristesse, je n'ai plus pu supporter l'idée que cette tristesse fût mon œuvre... Non, non, ne vous reprochez rien ; mais laissez-moi partir et rendez-lui sa joie.

La main cessa de caresser mon front ; je la saisis et la couvris de baisers et de larmes. Mais elle la dégagea impatiemment et une angoisse nouvelle commença de l'agiter.

— Ce n'est pas là ce que je voulais dire ; non, ce n'est pas cela que je veux dire, répétait-elle ; et je voyais la sueur mouiller son front. Puis elle baissa les paupières et garda les yeux fermés quelque temps, comme pour concentrer sa pensée, ou retrouver son état de cécité première ; et d'une voix d'abord traînante et désolée, mais qui bientôt s'éleva tandis qu'elle rouvrait les yeux, puis s'anima jusqu'à la véhémence :

— Quand vous m'avez donné la vue, mes yeux se sont ouverts sur un monde plus beau que je n'avais rêvé qu'il pût être ; oui vraiment, je n'imaginais pas le jour si clair, l'air si brillant, le ciel si vaste. Mais non plus je n'imaginais pas si osseux le front des hommes ; et quand je suis entrée chez vous, savez-vous ce qui m'est apparu tout d'abord... Ah ! il faut pourtant bien que je vous le dise : ce que j'ai vu d'abord, c'est notre faute, notre péché. Non, ne protestez pas. Souvenez-vous des paroles du Christ : « Si vous étiez aveugle, vous n'auriez point de péché. » Mais à présent, j'y vois... Relevez-vous, pasteur. Asseyez-vous là, près de moi. Écoutez-moi sans m'interrompre. Dans le temps que j'ai passé à la clinique, j'ai lu, ou plutôt, je me suis fait lire, des passages de la Bible que je ne connaissais pas encore, que vous ne m'aviez jamais lus. Je me souviens d'un verset de saint Paul, que je me suis répété tout un jour : « Pour moi, étant autrefois sans loi, je vivais ; mais quand le commandement vint, le péché reprit vie, et moi je mourus. »

146

Elle parlait dans un état d'exaltation extrême, à voix très haute et cria presque ces derniers mots, de sorte que je fus gêné à l'idée qu'on la pourrait entendre du dehors ; puis elle referma les yeux et répéta, comme pour elle-même, ces derniers mots dans un murmure :

— « Le péché reprit vie — et moi je mourus. »

Je frissonnai, le cœur glacé d'une sorte de terreur. Je voulus détourner sa pensée.

— Qui t'a lu ces versets ? demandai-je.

— C'est Jacques, dit-elle en rouvrant les yeux et en me regardant fixement. Vous saviez qu'il s'est converti ?

C'en était trop ; j'allais la supplier de se taire, mais elle continuait déjà :

— Mon ami, je vais vous faire beaucoup de peine ; mais il ne faut pas qu'il reste aucun mensonge entre nous. Quand j'ai vu Jacques, j'ai compris soudain que ce n'était pas vous que j'aimais ; c'était lui. Il avait exactement votre visage ; je veux dire celui que j'imaginais que vous aviez... Ah ! pourquoi m'avez-vous fait le repousser ? J'aurais pu l'épouser...

— Mais, Gertrude, tu le peux encore, m'écriai-je avec désespoir.

— Il entre dans les ordres, dit-elle impétueusement. Puis des sanglots la secouèrent : « Ah ! je voudrais me confesser à lui..., gémissait-elle dans une sorte d'extase... Vous voyez bien qu'il ne me reste qu'à mourir. J'ai soif. Appelez quelqu'un, je vous prie. J'étouffe. Laissez-moi seule. Ah! de vous parler ainsi, j'espérais être plus soulagée. Quittez-moi. Quittons-nous. Je ne supporte plus de vous voir. »

Je la laissai. J'appelai Mlle de la M... pour me remplacer auprès d'elle ; son extrême agitation me faisait tout craindre, mais il me fallait bien me convaincre que ma présence aggravait son état. Je priai qu'on vînt m'avertir s'il empirait.

Hélas ! Je ne devais plus la revoir qu'endormie. C'est ce matin, au lever du jour, qu'elle est morte, après une nuit de délire et d'accablement. Jacques, que, sur la demande dernière de Gertrude, Mlle de la M... avait prévenu par dépêche, est arrivé quelques heures après la fin. Il m'a cruellement reproché de n'avoir pas fait appeler un prêtre tandis qu'il était temps encore. Mais comment l'eussé-je fait, ignorant encore que, pendant son séjour à Lausanne, pressée par lui évidemment, Gertrude avait abjuré. Il m'annonça du même coup sa propre conversion et

149

celle de Gertrude. Ainsi me quittaient à la fois ces deux êtres ; il semblait que, séparés par moi durant la vie, ils eussent projeté de me fuir et tous deux de s'unir en Dieu. Mais je me persuade que dans la conversion de Jacques entre plus de raisonnement que d'amour.

— Mon père, m'a-t-il dit, il ne sied pas que je vous accuse ; mais c'est l'exemple de votre erreur qui m'a guidé.

Après que Jacques fut reparti, je me suis agenouillé près d'Amélie, lui demandant de prier pour moi, car j'avais besoin d'aide. Elle a simplement récité « Notre Père... » mais en mettant entre les versets de longs silences qu'emplissait notre imploration.

J'aurais voulu pleurer, mais je sentais mon cœur plus aride que le désert.

ŒUVRES D'ANDRÉ GIDE

Aux Éditions Gallimard

Poésie

LES CAHIERS ET LES POÉSIES D'ANDRÉ
 WALTER

LES NOURRITURES TERRESTRES — LES
 NOUVELLES NOURRITURES

AMYNTAS

Soties

LES CAVES DU VATICAN

LE PROMÉTHÉE MAL ENCHAÎNÉ

PALUDES

Roman

LES FAUX-MONNAYEURS

Récits

LA SYMPHONIE PASTORALE

LA TENTATIVE AMOUREUSE

AINSI SOIT-IL *ou* LES JEUX SONT FAITS
DOSTOÏEVSKI

Théâtre

THÉÂTRE (Saül, le Roi Candaule, Œdipe, Perséphone, le Treizième Arbre)

LE PROCÈS, *en collaboration avec J.-L. Barrault, d'après le roman de Kafka*

LES CAVES DU VATICAN, *farce d'après la sotie du même auteur*

Correspondance

CORRESPONDANCE AVEC FRANCIS JAMMES (1893-1938) *(préface et notes de Robert Mallet)*

CORRESPONDANCE AVEC PAUL CLAUDEL (1899-1926) *(préface et notes de Robert Mallet)*

CORRESPONDANCE AVEC PAUL VALÉRY (1890-1942) *(préface et notes de Robert Mallet)*

CORRESPONDANCE AVEC ANDRÉ SUARÈS (1908-1920) *(préface et notes de Sidney B. Braun)*

CORRESPONDANCE AVEC FRANÇOIS MAURIAC (1912-1950) *(introduction et notes de Jacqueline Morton - Cahiers André Gide n° 2)*

CORRESPONDANCE AVEC ROGER MARTIN DU GARD, I (1913-1934) et II (1935-1951) *(introduction par Jean Delay)*

CORRESPONDANCE AVEC HENRI GHÉON (1897-1944), I et II *(édition de Jean Tipy, introduction et notes de Anne-Marie Moulènes et Jean Tipy)*

CORRESPONDANCE AVEC JACQUES ÉMILE BLANCHE (1892-1939) *(présentation et notes par Georges-Paul Collet, Cahiers André Gide n° 8)*

CORRESPONDANCE AVEC DOROTHY BUSSY *(présentation de Jean Lambert)*

   I. Juin 1918-décembre 1924 *(Cahiers André Gide n° 9)*

   II. Janvier 1925-novembre 1926 *(Cahiers André Gide n° 10)*

   III. Janvier 1937-janvier 1951 *(Cahiers André Gide n° 11)*

CORRESPONDANCE AVEC JACQUES COPEAU *(édition établie et annotée par Jean Claude, introduction de Claude Sicard, Cahiers André Gide n°ˢ 12 et 13)*

CORRESPONDANCE AVEC SA MÈRE (1880-1895) *(préface d'Henri Thomas, introduction de Claude Martin)*

CORRESPONDANCE AVEC VALERY LARBAUD (1905-1938) *(édition et introduction de Françoise Lioure, Cahiers André Gide n° 14)*

CORRESPONDANCE AVEC JEAN SCHLUMBERGER (1901-1950) *(édition établie, présentée par Pascal Mercier et Peter Fauwett)*

Bibliothèque de la Pléiade

JOURNAL 1889-1939

JOURNAL 1939-1949, SOUVENIRS

ANTHOLOGIE DE LA POÉSIE FRANÇAISE

ROMANS. RÉCITS ET SOTIES, ŒUVRES LYRIQUES

Chez d'autres éditeurs

DOSTOÏEVSKI

ESSAI SUR MONTAIGNE

NUMQUID ET TU ?

L'IMMORALISTE

Impression Bussière Camedan Imprimeries
à Saint-Amand (Cher),
le 30 juin 1997.
Dépôt légal : juin 1997.
1er dépôt légal dans la collection : janvier 1972.
Numéro d'imprimeur : 1/1620.
ISBN 2-07-036018-0./Imprimé en France.